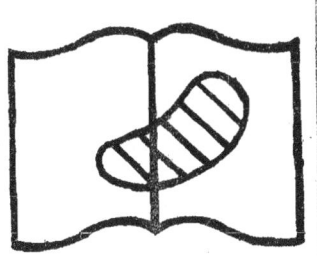

Illisibilité partielle

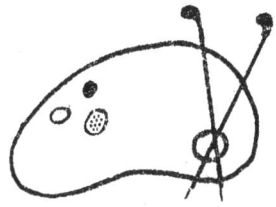

Couvertures supérieure et inférieure
en couleur

VALABLE POUR TOUT OU PARTIE DU
DOCUMENT REPRODUIT

ROMANS POUR TOUS N° 23 le roman complet 50 c.

JULES LERMINA

LA CRIMINELLE

Tournant la tête vers le commissaire, les yeux ardents, les lèvres blêmes : « Monsieur, dit Pauline, mon mari est le plus honnête homme de la terre... Il y a erreur... »

Collections du LIVRE NATIONAL

Librairie Jules TALLANDIER
75, rue Dareau | 36, Petit-Chêne
PARIS (XIVᵉ) | LAUSANNE

JULES LERMINA

LA CRIMINELLE

ROMAN DRAMATIQUE

LIBRAIRIE JULES TALLANDIER

75, RUE DAREAU, 75 | 36, PETIT-CHÊNE, 36

PARIS (14e) | LAUSANNE

LA CRIMINELLE

« *Chère madame* (remarquez que je ne dis pas chère Pauline, pour respecter les convenances), le repentir est une belle chose, quoiqu'en certains cas il confine à l'ingratitude. Moi qui suis reconnaissant, je n'entends ni me repentir ni surtout oublier. Je ne suis pas de ces gens qu'on met hors de sa mémoire comme un laquais hors d'une maison. Donc, sachez ceci. Vous n'avez pas répondu à mes premières lettres, méconnaissant en cela les règles de la plus élémentaire politesse. Celle-ci est la dernière. Lisez-la donc avec soin. Je vous attendrai aujourd'hui, de trois à six heures, dans la maison dont l'adresse est ci-jointe. Il vous suffira de monter au second étage et de frapper à la porte de droite. A six heures et demie, si je ne vous ai pas vue, je me résignerai à regret à envoyer à qui vous savez ce que vous savez. Pas d'exclamations désespérées ! pas de bras en l'air ! Méditez sur le proverbe : « La faim chasse le loup hors du bois. » J'attendrai, et dans votre intérêt, dans celui de... et de... je vous engage à tenir compte de cet avis... qui, je le répète, sera le dernier... »

Mme Dolé, seule dans sa chambre, affaissée sur une chaise, les bras pendants, lisait cette lettre.

C'était une petite femme, mince, d'apparence maladive. Bien qu'elle n'eût que trente ans, ses cheveux blonds, simplement relevés sur son front haut et blanc, avaient déjà cette teinte d'acier bruni que mettent aux bandeaux dorés les premiers fils gris. De ses yeux presque clos et dont les paupières tremblotaient, coulaient de grosses larmes, qui venaient se perdre dans le pli précoce, creusé à la commissure des lèvres.

Elle restait ainsi, abattue, écrasée, sans un mouvement, ne songeant pas même à relire cette lettre, dont chaque mot avait, d'un seul coup, marqué son cœur comme un fer chaud.

Avait-elle besoin de mieux comprendre ?

N'était-ce point la conclusion fatale qu'elle redoutait depuis le premier jour, où après cinq années, elle avait reconnu, sur une lettre mystérieusement déposée chez elle, cette écriture aux formes dures presque oi-gües, qu'elle n'avait pas oubliée, quoi qu'elle tentât pour arracher de son âme les lancinantes angoisses du souvenir.

Il y avait cinq ans, — cinq ans ! — que Mme Dolé, en une heure d'égarement, avait cédé aux obsessions d'un homme qu'en ce temps-là son mari avait accueilli comme un ami.

La rupture avait été prompte. Mais ces liens si brisés qu'ils paraissent, laissent toujours entre deux êtres la trace d'une invisible soudure, une attraction fatale contre laquelle nulle force ne prévaut.

Dolé était sorti dès le matin. Pauline pouvait sans crainte obéir à cette sommation.

Devait-elle d'ailleurs la dédaigner ? Elle connaissait l'homme, elle savait ce qu'il y avait en lui de ténacité violente, de volonté méchante. Elle eût voulu se persuader que ces menaces seraient vaines. Elle n'y pouvait parvenir. Il fallait obéir.

Après tout que pouvait-il vouloir ?

Une pensée traversa son cerveau, et elle pâlit tandis que toute sa chair frissonnait d'une crispation de répulsion et de honte.

Elle se leva brusquement, alla à la psyché encadrée d'acajou qui se dressait auprès de la fenêtre, et là, debout, le cou tendu, s'interrogeant tout entière, elle releva de ses doigts longs et amaigris les cheveux blanchissants qui cachaient ses tempes.

Elle eut un sourire à la fois triste et consolé. Elle se sentait sauvée.

Ce n'était pas la femme qu'il voulait.

Mais toujours cette question : de quelles exigences s'agissait-il donc ? Elle reprit la lettre et, l'ouvrant, regarda le carré de papier qui y était joint. C'était l'adresse annoncée : rue des Cinq-Diamants, n° 9.

Quelle était cette rue ? Dans quel quartier était-elle située ? Encore une fois, des pensées de terreur tentèrent de se faire jour dans son cerveau.

Mais soudain cette femme, qui semblait si frêle, si faible, se redressa, et un éclair de résolution, presque de défi, passa dans ses yeux.

Et comme, à ce moment, de petits coups heurtant la porte de sa chambre, une voix enfantine cria :

— Petite mère ! ouvre-moi !

Mme Dolé, du revers de sa main, essuya ses paupières, court ouvrir en saisissant dans ses bras le petit Jacques, son fils ; elle le serra contre sa poitrine avec une énergie presque sauvage.

A quelque prix qu'il lui fallût racheter le repos de son mari, de son enfant, elle était prête.

— Petite mère, dit Jacques, Jacquet, comme on l'appelait, veux-tu que j'aille passer la journée chez grand'mère ?...

— Est-ce qu'elle t'attend ?...

— Oui... elle m'a dit comme ça qu'il y aurait des camarades pour jouer avec...

La mère, — que cet arrangement mettait à l'aise, — ne put cependant se défendre d'une coquetterie jalouse.

— Et si je te demandais de rester avec moi ?... fit-elle en attirant Jacques sur ses genoux.

Lui, passa ses bras à son cou et, câlin, gazouilla avec ce zézaiement qui plaît aux mères :

— Tu sais bien que j'aime mieux toi !...

Pauline appela la bonne. C'était une grosse Picarde, indifférente, mais trouvant la place à son goût.

Elle reçut avec impassibilité les instructions que lui donnait sa maîtresse. Il faisait froid. La pluie menaçait. Il fallait bien envelopper l'enfant, se défier du brouillard.

— N'oublie pas ma balle ! cria Jacques à sa bonne qu'il entraîna.

Mme Dolé resta seule. Elle avait encore aux lèvres le sourire qu'y avait posé le doux babil de l'enfant.

C'était vrai, pourtant, que grand'mère et petite mère étaient quasi jalouses l'une de l'autre.

Après tout, ce n'était pas bien grave. La mère de M. Dolé était une femme à l'esprit un peu étroit, mais sentimental. Et, si Pauline avait à souffrir de ses défauts, l'enfant bénéficiait de ses qualités. C'était une bonne compensation.

L'enfant parti, elle se souvint des terribles heures qu'elle avait à passer.

Mais, sa résolution étant prise, elle se sentait calme.

Elle s'habilla simplement tout en noir, mit dans sa poche un double voile, puis, ayant consulté la pendule, descendit au magasin.

La maison Dolé que nulle enseigne, que nulle affiche extérieure ne trahissait aux curiosités des passants, était un de ces mystérieux temples de l'art dont seuls les amateurs de haut goût connaissent le chemin.

L'art de l'émailleur sur verre, longtemps considéré comme perdu, avait été renouvelé, ressuscité en quelque sorte par Pierre Dolé, naguère un des meilleurs ouvriers de la grande maison de céramique Loriot et Cie.

Dans ses loisirs, Dolé s'était attaché à la réparation des verreries anciennes ; un jour, chargé par un des plus riches collectionneurs de Paris de réparer une lampe hispano-byzantine, il s'était efforcé d'imiter le travail, — d'une effrayante minutie, — qu'il avait sous les yeux et il y avait réussi à ce point, que l'amateur n'avait pu distinguer la pièce imitée de la pièce originale.

C'était un large horizon qui s'ouvrait devant l'ambition artistique de Dolé.

On saura bientôt comment il s'était installé dans une petite maison du boulevard Montparnasse, travaillant sans trêve, possédé de la passion inventive.

Sa maison avait deux étages. Au rez-de-chaussée, une salle était affectée à une sorte de musée où Dolé collectionnait ses essais et ses échantillons.

Dans la cour, un petit bâtiment de briques renfermait le four, les moufles et les sabots.

Gaspard Cormier, l'ami, le factotum et le collaborateur de Dolé, — plus encore son élève et son admirateur, travaillait dans le magasin, copiant un entrelacis de filigranes ébauché par Dolé. Son coude était appuyé sur l'énorme volume des adresses parisiennes.

Mme Dolé le dérangea doucement, ouvrit le volume, chercha rapidement la rue des Cinq-Diamants, puis l'ayant trouvée, salua Gaspard d'un signe de tête et sortit.

II

La rue des Cinq-Diamants commence au boulevard d'Italie pour finir à la rue de la Butte-aux-Cailles.

C'est le début de la montée : on devine que c'était là jadis un simple sentier gravissant la pente de la colline. Des haies de broussailles s'enchevêtraient aux deux côtés aujourd'hui garnis de masures.

Les aubépines et les houx arrachés, on n'a pas encore eu le temps d'élever des maisons. Ces vastes terrains sont couverts de bâtisses de planches.

Le passant, jetant un rapide coup d'œil à travers les allées sombres ou cherchant à percer du regard les vitres sales, ne voit rien et devine tout.

C'est la misère, c'est l'indifférence pesante dans laquelle s'immobilisent ceux qui ont souffert ; ainsi toute ville a des refuges pour les fuyards, évadés de la lutte sociale. Là, ils se terrent, se taisent et se laissent glisser, sans plus résister, sur la pente qui tombe à l'abrutissement et à la mort.

Une de ces masures, haute de deux étages, portait, sur un écriteau noir, quelques lettres effacées où un Champollion aurait pu lire ces mots : Cabinets garnis.

Sur la rue, d'un côté, une boutique, — un autre de ferrailleur ; — de l'autre, un magasin sans volets, aux carreaux cassés, vide. Du reste, la boutique du ferrailleur n'était pas plus peuplée que l'autre, et, sur un carré de carton, qui semblait inamovible, ceci était écrit : S'adresser à 25.

Entre ces deux... sinécures, une porte bâtarde, étroite gueule noire ouverte sur un trou sombre qui est un couloir. Au bout, en tâtonnant, on trouve un escalier, échelle glissante, visqueuse, arrêtant le pied à chaque marche, comme pour l'avertir de n'aller pas plus loin.

Vides les deux chambres du premier étage, louées sans doute à quelques misérables occupés pendant le jour à des industries sans nom.

Enfin des deux chambres du second, sous le toit, une seule habitée.

Un homme y était assis sur le grabat qui prétendait au titre de lit. A quelques pas de lui une malle ouverte, pleine d'effets jetés pêle-mêle et qui semblaient des haillons.

Auprès de la fenêtre, une table et une chaise. A terre, rien que le carreau nu et malpropre.

C'était cet homme qui attendait Mme Dolé. C'était cet homme qu'elle avait aimé !...

Serré dans un paletot râpé, dont les manches trop courtes laissaient passer des mains longues, aux muscles en saillie, cet homme tenait les yeux obstinément fixés sur la porte.

— Viendra-t-elle ? murmura-t-il. Quelle heure est-il ?

Il tira de son gousset une de ces grosses montres de cuivre sur lesquelles le mont-de-piété ne prête rien.

— Quatre heures, fit-il, j'ai froid... et puis quelque chose de plus. J'ai faim.

Et ce refrain revenait sur ses lèvres :

— Viendra-t-elle ?

Georges Rives avait été ce qu'on appelle un beau garçon : il avait une de ces figures longues, aux traits presque fins qui donnent l'illusion de l'intelligence et de la force. Ses cheveux très noirs écrasaient un front bas, sous lequel des yeux sombres, aux paupières mal ouvertes, laissaient glisser le regard en l'amollissant. La bouche était épaisse, brutale. Tout cela, en temps de prospérité, constituait un grand diable, à l'air insolent, aux passions ardentes, aux dents blanches et avides.

Aujourd'hui, c'était un damné, jauni par la misère et la débauche. L'œil cerné avait des torpeurs lourdes, et sur ces épaules larges on devinait un poids écrasant. Les lèvres étaient violettes, vicieuses, et par le mâchonnement inconscient, prouvaient le dessèchement alcoolisé de la gorge.

— Viendra-t-elle ?

Il se leva et fit quelques pas. Le brouillard gris qui pesait sur la ville faisait déjà la nuit.

Tout à coup, il tressaillit et se précipita vers la porte. Son oreille venait d'être frappée d'un écho de froissement. Oui, c'était une robe écrasant les murailles ignobles de l'escalier. Oui, on s'arrêtait sur le palier. Oui, on frappait !

Il ne fut pas long à ouvrir la porte. Une femme était là, debout, doublement voilée, immobile, n'entrant pas.

Il la saisit par la main, l'attira en dedans, referma la porte d'un coup de pied ; puis, brutalement, il saisit le voile par ses bords et le rejeta en arrière :

— Enfin ! s'écria-t-il, ça n'est pas malheureux !

Mme Dolé, blanche comme un spectre, était prise des pieds à la tête d'un tremblement nerveux.

— Ah çà ! est-ce que vous allez rester ainsi ? Des émotions ! Parbleu ! est-ce que je n'en ai pas eu ma part, moi aussi. Vous voilà, vous avez bien fait de venir. On va causer et s'entendre. Il n'est que temps.

Et il répéta entre ses dents avec un juron :

— Oui, il n'est que temps.

Mme Dolé le regardait maintenant. Elle avait besoin de toute son attention pour se bien convaincre que cet homme avait ou avait eu des droits sur elle.

— C'est comme cela qu'on dit bonjour aux amis ? reprit-il. Mazette ! ce n'était pas tout à fait la même chose autrefois ! Tu t'en rappelles, hein, ma petite ?

Au tutoiement elle ressentit une secousse. Ce fut comme si, étant évanouie, elle eût été subitement frappée par une étincelle électrique.

Doucement, avec sa résolution prise de tout entendre et d'être calme, elle dit :

— Que me voulez-vous ? Vous m'avez menacée... je suis venue... parlez maintenant.

— Oh ! oh ! de la dignité ! Comme si vous pouviez vous permettre ces airs-là, avec moi !... Vous êtes venue ?... C'est donc une grâce que vous me faites ?...

Et la poussant presque violemment :

— Pas tant de façons, ma chère, fit-il d'un ton brutal... et assieds-toi...

Et, comme elle tressaillait encore, il s'inclina avec un respect ironique et, approchant l'unique chaise :

— Madame me fera-t-elle l'honneur de s'asseoir ? dit-il en riant.

— C'est inutile, répondit la pauvre femme. Je suppose que vous pouvez me dire en quelques mots la raison de votre appel...

Puis, regardant autour d'elle, elle ajouta avec une imperceptible menace de bienveillante pitié :

— Vous n'êtes pas heureux !

Et sa main se glissa sous le manteau qui l'enveloppait. Mais il avait compris l'accent, il avait vu le geste ; il eut un mouvement de colère et, lui saisissant les poignets, il la jeta vers la chaise, où elle tomba :

— Pas possible ! cria-t-il. Nous voulons faire l'aumône. Je vais te donner cent sous, mon bonhomme, et tu me laisseras la paix. Ouais ! croyez ça et buvez de l'eau !...

Aux grossièretés de Georges Rives, Pauline sentit une chaleur subite lui monter à la nuque. C'était la révolte qui commençait.

— J'ai pensé, dit-elle froidement, que vous voulez me rendre les quelques lettres que je vous ai écrites jadis et je suis venue pour les acheter.

— En vérité, fit-il de sa voix gouailleuse, acheter ces petits poulets ! et un bon prix, pas vrai ?

— Je n'ai qu'un mot à vous dire... j'ai pris tout ce que je possédais, et je vous l'apporte... vous ne me ferez pas l'injure de croire que je veuille marchander...

— Mais sais-tu que tu es très bien dans

ce rôle-là... Quelle crânerie !... .Donc tu as ton petit magot ?... Et ça fait ?

Elle prit son porte-monnaie, l'ouvrit et en tira un billet :

— Voici. Mille francs...

Georges fit un mouvement comme pour se jeter sur l'argent. Elle mit le billet devant lui, sur la table.

Mais déjà le misérable avait eu le temps de réfléchir.

— Donnant, donnant, fit-il.

Il plongea sa main dans sa poche, en retira un portefeuille graisseux, et y prit une dizaine de lettres liées par une ficelle.

Mme Dolé avec un involontaire frisson de joie tendit la main.

Mais lui, riant, lui frappa les doigts du paquet de papiers, et reculant d'un pas :

— Ta ! ta ! reprit-il. Les bons comptes font les bons amis... un billet, une lettre ! Voilà, ma belle...

Et, attirant un des papiers pliés, il le lui tendit avec un salut grotesque.

Elle sentit une horrible étreinte lui serrer le cœur.

— Vous plaisantez. balbutia-t-elle.

— Moi ! jamais ! et puis, vrai ! je n'ai pas le cœur à ça. Voilà votre lettre... Ça ne fait plus que... (il comptait) une, deux, trois... cinq ! avec cinq billets de mille, on en verra la farce. Avec ça que c'est cher !...

Atterrée, les yeux grands ouverts, Mme Dolé tenait la lettre qu'il lui avait remise, ne trouvant pas un mot, n'ayant même pas de larmes. Seulement, à sa gorge serrée, elle avait la sensation d'une strangulation.

— Eh bien ! qu'est-ce qu'il y a ? fit Georges, plus arrogant à mesure qu'il se sentait plus fort, est-ce que ça n'est pas bien arrangé comme ça ?... Six mille francs ! avec ça que ça me peu gêne !... on mettra un peu moins de fanfreluches au moutard, voilà tout !

Il avait l'infamie de parler de l'enfant. Ceci galvanisa la mère. Elle se leva, droite.

— Écoutez-moi bien, dit-elle. Si vous ne me rendez pas toutes ces lettres, ce sera un vol. Oui, un vol. Je vous ai dit que j'avais apporté tout ce que je possède, c'est vrai. Ces mille francs-là je les ai économisés sou à sou, en dix ans... Laissez-moi parler, ajouta-t-elle vivement, interrompant Georges qui ricanait, je n'ai rien et ne puis rien avoir de plus. Je sais que vous pensez à mon mari ; vous vous dites qu'après avoir été infâme je puis bien, pour racheter ma faute, mon crime (oh ! oui, mon crime), je puis bien mentir à mon mari, lui extorquer de l'argent... qui sait ?... lui en voler ! car il a confiance en moi ! en moi !... Eh bien ! le voudrais-je, me résignerais-je à cette hypocrisie, à cette vilenie, je n'aurais pas un sou de plus... car... (elle eut un geste résolu), car mon mari est presque ruiné... et à la veille de la faillite...

Maintenant, il l'avait laissée parler. Ayant croisé les bras sur sa poitrine il la regar-

dait, ne souriait plus, réfléchissait. Elle crut qu'elle réussissait :

— Oui, continua-t-elle, d'une voix moins âpre, depuis le jour où vous avez quitté la maison... emportant le secret de fabrication que vous êtes allé vendre à un concurrent (oh ! je ne rappelle pas cela pour vous irriter), depuis ce jour-là, la maison n'a pas cessé de décliner... Dolé travaille, cherche, il est sûr la piste d'un procédé nouveau, Gaspard l'aide. Ils passent les nuits, mais je n'ai pas confiance. Les échéances sont lourdes et la débâcle est proche... Vous voyez bien, monsieur Georges, que je ne puis rien faire de plus... et vous aurez pitié de moi, de mon repos, de mon...

Elle allait, elle aussi, parler de l'enfant. Mais elle se mordit les lèvres et se tut.

— Allons ! reprit-elle, avouez-moi que vous avez voulu me faire peur, rendez-moi ces malheureuses lettres... je les brûlerais.

Comme il se taisait toujours :

— Je vous promets, si nous sortons d'embarras, de vous envoyer encore de l'argent...

Elle allait continuer, épuisant des arguments qu'elle jugeait irrésistibles, mais elle vit Georges, qui tenait les lettres en main, les glisser dans la poche de son gilet. C'était une réponse muette, mais décisive, terrible.

— Vous ne voulez pas ?... murmura-t-elle d'une voix rauque.

— Ce pauvre Dolé ! fit Georges qui s'était assis sur le coin de la table.

A cette exclamation si peu prévue, elle le regarda. Sa face émaciée lui parut féroce. Cependant ce qu'elle éprouva ne fut pas de la peur. Elle comprit qu'elle n'avait plus à plaider sa cause. Il fallait attendre... Attendre quoi ?...

Le bohème semblait peser d'avance les paroles qu'il allait prononcer.

— Oui, ce pauvre Dolé ! fit-il. C'est d'abord à lui qu'il faut penser. Moi, je suis un vaurien, un gredin. Lui, c'est un honnête homme... Le voilà enfoncé !... Aussi, c'est sa faute !... S'il m'avait écouté, il y a deux mois !

— Il y a deux mois ! s'écria Mme Dolé. Que voulez-vous dire ?

— Oh ! presque rien... Seulement, vous comprenez bien que, moi, je ne lui en voulais pas trop... C'est vrai qu'il m'avait soupçonné d'une indélicatesse... Comme si j'en étais capable !... Moi ! aller vendre un secret à un concurrent... quand je regardais sa maison comme la mienne, — puisque c'était la vôtre.

Mme Dolé avait appuyé son menton sur sa main. Elle écoutait avec une sorte de curiosité. Elle prévoyait je ne sais quelle conclusion monstrueuse, qu'elle ne devinait pas encore. Que ferait-elle ? Comment se débattrait-elle ?... Elle ne cherchait pas à le savoir. Seulement elle se disait que, si cet homme prétendait menacer son mari ou son enfant, elle trouverait bien le moyen de les sauver... le moyen... quel qu'il fût.

— Il m'a chassé, ce pauvre Dolé, continuait l'autre d'une voix monotone. Et vous ne m'avez pas retenu, étant rentrée au bercail du devoir conjugal. Au fond, vous m'avez rendu service... pour un temps... car je me la suis coulée assez douce... Mais il y a cinq mois, six mois, j'ai eu aussi ma débâcle !... Oh ! un vrai plongeon... si profond que, tenez, moi qui vous parle, je n'ai pas mangé depuis vingt-quatre heures.

Il s'arrêta, attendant peut-être une exclamation qui ne fut pas proférée. Elle écoutait l'écho de haine qui sonnait sous chaque mot.

— C'est un détail... seulement, Dolé n'a pas été gentil. C'était un camarade autrefois... tout était commun entre nous... même sa femme ! Ça mérite des égards !

« Je continue. Donc, il y a deux mois, comme je battais une vraie dèche, j'ai aperçu l'ami Dolé qui se pavanait sur le boulevard extérieur... par ici... il allait chez Loriot, l'émailleur... Ma foi !... une bonne idée m'est venue... une inspiration du ciel et de la vertu !... J'ai eu envie de travailler !... C'est drôle, ça !... mais c'est exact... Alors je suis allé droit à Dolé... J'allais débiter mon petit boniment... mais paf ! voilà le bonhomme qui, me reconnaissant, se met dans une sainte rage, me traite de filou ! de bandit ! un tas d'amabilités ! Mieux que ça, est-ce qu'il ne voulait pas me casser les reins ?... Heureusement que je suis solide et que j'ai de la poigne. Je l'ai carrément menacé de lui briser la tête... Alors il a filé... et il a bien fait.

— Où veut-il en venir ? pensa la pauvre femme.

— Peuh ! J'ai réfléchi après qu'il ne fallait pas trop me formaliser... Le premier mouvement, je connais ça...: Au bout de deux jours, je ne lui en voulais plus... J'ai cru que ça serait la même chose pour lui, et alors... en avant la correspondance.

— Vous lui avez écrit ?

— Pourquoi pas ? J'ai du style, tiens ! Il ne vous l'a pas dit... Il est donc devenu cachottier, papa !...

— Et que lui écriviez-vous ?

— Moins que rien. Je lui demandais de ne plus penser au passé et de me reprendre !

— Vous avez osé ?...

— Mais oui ! Seulement, quel four, ma chère !... Il m'a répondu... mais là, là, là ! c'est drôle que le papier n'ait pas éclaté ! C'était du picrate !... J'aimais mieux vos lettres, sans vous flatter... Voilà le poulet ! ma poche est inépuisable... deux lignes : « Si vous vous permettez de paraître devant moi, je vous tue comme un chien ! »... Et signé en toutes lettres : Pierre Dolé. Hein ! quel style !... des menaces de mort !... J'ai eu envie d'aller chez le commissaire ! et puis, comme j'aime beaucoup à réfléchir, il m'est venu une autre idée... et c'est pour ça, ma chère amie, que je vous ai priée de passer à mon hôtel... garni !...

— Enfin ! pensa Mme Dolé, qui, torturée par l'attente, préférait toute certitude à cette angoisse qui augmentait sa fièvre.

Elle reprit tout haut, s'efforçant de paraître calme :

— Je vous en prie, expliquez-vous... il se fait tard... et...

— Oh ! l'heure ne m'inquiète pas. Je dînerai plus tard... Du reste, je ne sais rien vous refuser, moi ! En deux mots, voilà la chose : ce que papa Dolé m'a refusé, c'est vous qui l'obtiendrez !

Mme Dolé se dressa, épouvantée :

— Je ne vous comprends pas !

— C'est pourtant clair comme de l'eau de roche...

Martelant ses mots, il ajouta :

— Je veux revenir à la maison Dolé... je veux reprendre ma place d'autrefois... je veux mon coin à ce foyer patriarcal, ma part de bénéfices... je veux retrouver mes amis... bref je veux me ranger, travailler, rentrer dans la vie normale... et pour ça, j'ai compté sur vous... Vous voyez que ça n'est pas bien difficile...

Une douleur aiguë traversa le cerveau de Mme Dolé, et un éblouissement passa devant ses yeux. Cependant, s'affermissant :

— Vous savez bien que cela n'est pas possible !

— Vous croyez ? Moi, je dis que si vous voulez, — et vous voudrez ! — rien n'est plus simple !... Ça doit même vous étonner que je ne demande pas plus. Je disais six mille francs !... une somme que vous n'avez probablement pas ! Mais ce qui est charmant, ce qui est mon rêve, c'est de rentrer dans le giron de la vertu... et de la famille... Tenez ! je ferai danser le petit sur mes genoux !... Je ne le connais pas, ce moutard !... il doit être gentil, hein ?

Cette perpétuelle évocation du souvenir de l'enfant brûlait le cœur de la mère, et des chaleurs de colère montaient à ses tempes, avec des bruissements d'eau bouillante.

— Donc c'est convenu... Papa Dolé sera aimable. Petite femme chérie lui fera des mamours... elle lui dira : Papa Dodo... papa Lélé, faut être aimable avec ce brave M. Georges... c'est un ami...

Involontairement, parlant à son insu ce qu'elle pensait, Mme Dolé articula ce seul mot :

— Non !

Georges tressauta et, quittant la table, alla vers Mme Dolé.

Elle ne remuait pas : elle avait répondu machinalement. Elle s'était entendue parler. C'était dit. Tant pis ! Il pouvait la tuer, du moins elle n'aurait pas cédé.

— Tu as dit ? demanda-t-il, les dents serrées.

— J'ai dit que jamais je ne prêterais les mains à votre rentrée dans la maison de mon mari.

— Jamais ?

— Je ne vous parle pas de ma honte comme femme... mais de ma répulsion comme mère... Votre place n'est pas là où est mon enfant...

— Allons ! assez ! reprit-il durement. J'ai

dit ce que je veux. J'en ai trop de la vie de vagabond. Je veux rentrer dans la vie régulière... La maison de cet imbécile de Dolé me va... Vous, vous ne pouvez rien contre moi et avez tout intérêt à me choyer... Vous parlez du petit? Eh parbleu ! il grandira !... et il me répond de vous... Si vous faites la méchante, je lui raconterai de petites histoires...

— Misérable !

Elle cria cela, les mains tordues, les lèvres blanches.

— Misérable ! répéta-t-elle. Eh bien ! faites de moi ce que vous voudrez ! Aussi bien, il faut que je vous dise cela... j'ai horreur du passé, de vous, de ma faute ! Si je suis venue ici, ne croyez pas que ce soit par peur de vous... Non, car je ne vous croyais pas aussi infâme que vous êtes ! Je suis venue pour sauver mon mari, mon enfant, — mon mari que j'aime, mon enfant que j'adore. Je voulais, — voilà le mot — être débarrassée de vous... Avec tout ce que je possédais d'argent, j'achetais leur repos... Vous m'avez volée !... eh bien ! tout au moins, je vous hais et je vous méprise !

Elle avait marché sur lui, les mains crispées, comme si elle eût voulu l'écraser. Une force incroyable, surexcitation nerveuse, durcissait les muscles de cette petite femme devenue lionne.

Mais d'un coup sec, comme s'il eût frappé avec un bâton, Georges lui rabattit le bras et la fit reculer.

— Ah ! vous ne voulez pas ! Ah ! vous me faites des phrases ! Amour conjugal, amour maternel. Madame l'adultère, est-ce que le moutard est de papa Dolé, hein ? Après moi, un autre... avec ça que j'en doute !

Elle chancela et s'appuya au dossier de la chaise. Il crut qu'elle allait s'évanouir.

— Une dernière fois, me réconcilierez-vous avec votre mari ?

— Non !

— Prenez garde !

Les paupières presque closes, ne raisonnant pas ses paroles, elle dit :

— Je ne vous crains pas !... Lâche ! lâche !

A ce mot qui sifflait entre ses dents serrées, claquant l'infâme d'un coup de fouet, Georges eut un accès de rage, comme un sursaut de nerfs. Il courut à la malle qui béait à terre, laissant voir ses guenilles : il fouilla fiévreusement dans cet amas de loques sales, et sa main reparut, armée d'un revolver...

— Tiens, regarde, fit-il d'une voix qui n'était qu'un halètement de colère, tu la connais, cette arme-là... elle vient de chez toi... C'est Dolé qui me l'a donnée... jadis... au bon temps ! Il y a même ses initiales, P. D. Eh bien ! si tu répètes... je te jure... vrai comme je m'appelle Georges Rives... que je te tue...

Le revolver était à un pouce du visage de Pauline. Elle voyait les petits canons droits pointés sur elle. Être tuée, là ! dans cette chambre immonde ! le déshonneur après la mort !... Elle eut un frisson interne, mais le même mot lui revint aux lèvres.

— Lâche ! fit-elle encore, dans une ivresse de défi.

Lui éclata de rire, et, posant l'arme sur la table à côté de lui :

— Au fait, je suis bien bête de me mettre en colère ! Te tuer, qu'est-ce que ça me rapporterait ? Ah ! madame aime son mari ! Parbleu, elle s'y est prise sur le tard !... Elle aime son petit !... Tu ne veux pas m'aider à sortir du pétrin ?... Je vais t'y fourrer !... On t'en donnera du mari et de l'enfant !... Une fois, deux fois !... non ? adjugé !... les lettres à la poste... et après cela, vogue la galère.

— Il vous tuera, fit Mme Dolé qui titubait comme si elle eût été ivre.

— Oui, vous oubliez, ma belle, que j'ai mille francs et que je serai au diable demain matin... Vous me forcez à me venger de ce Dolé que je déteste, de cet enfant que je hais, parce qu'il le croit à lui. Nous verrons bien demain matin... Le joli réveil !... Je regretterai de ne pas être là !...

Il se pencha vers elle et, la prenant aux épaules, la secoua :

— Je me venge, entendez-vous bien... N'avez-vous rien à dire ?

Elle répondit comme si elle eût été endormie :

— Rien.

— Ainsi, regardez... les voilà, les bonnes petites lettres, avec des : mon Georges ! mon bien-aimé ! — gros comme le bras !... Il y en a cinq... Je ne lésine pas... il aura tout... Il pourra s'en donner une indigestion... Je prends une enveloppe... regardez... je ne mens pas... j'écris : A M. Dolé 19, boulevard Montparnasse... Ça sera drôle... Ha !

Ce dernier cri était un râle...

Affolée, somnambulique, Mme Dolé avait saisi le revolver qui était resté sur la table, le lui avait appliqué en plein crâne, si près, que la détonation avait été étouffée et que les cheveux avaient été roussis... L'homme était tombé en avant, sur la table, les deux bras étendus... mort...

Et Mme Dolé prit les lettres qu'il n'avait pas encore mises sous l'enveloppe, les cacha dans sa poitrine, ouvrit la porte et s'enfuit.

Il pleuvait, six heures sonnaient.

III

Pauline avait trente-quatre ans. Il y avait douze ans qu'elle était mariée. Son histoire était banale. Son père, ouvrier émailleur, avait contracté, sous l'épouvantable combustion des fours, une maladie de poitrine qui l'avait emporté, encore jeune, à cinquante ans.

Sa mère était morte folle, quelques années après la naissance de sa fille.

Le patron, M. Loriot, avait mis la petite

aux écritures, et pendant de longs enchaînements de semaines et de mois, elle avait réglé les comptes du samedi, qui étaient ceux des échéances.

Vie monotone, sans souffrances comme sans joies, sans tentations et sans désirs.

Sa robe noire, son col blanc, ses poignets de lustrine, tout s'ajustait à ses allures modestes et silencieuses pour créer une sorte de nonnette civile.

De fait, la petite cage à treillis de fer, à casiers de chêne bruni, où elle passait ses journées, rappelait la cellule des cloîtres.

Elle était seule du matin au soir, ne conversant jamais qu'à travers le guichet, garni d'une plaque de cuivre dont elle poussait le ressort, quand M. Loriot ou quelque employé supérieur avait un renseignement à lui demander.

Une fois par an, le jour de sa fête, M. Loriot donnait un grand dîner.

Pauline y était admise. A six heures précises, arrivaient des bourgeoises du quartier, dans leurs gaînes de soie, qui se tenaient tout debout, ayant de grosses chaînes qui ballottaient sur leurs poitrines. Tout cela était riche, lourd, le métal comme les femmes.

Les maris, bruyants, tout enchantés de cette fête de famille où on buvait sec, avaient de gros rires sonores qui remplissaient la maison. Attirée hors du silence pour être soudain plongée dans ce fracas, Pauline se sentait à la fois étourdie et assourdie. Ses nerfs souffraient. Elle avait au cerveau des bourdonnements qui lui faisaient mal.

Personne d'ailleurs ne se préoccupait d'elle. C'était le principe de la maison qu'on laissât chacun libre d'agir à sa guise. Pas de cérémonie. Triste ou gai, à votre choix. Cela vous regardait.

Pourquoi l'aurait-on crue triste d'ailleurs? Qu'est-ce qui lui manquait !...

Quand on n'a ni père ni mère, ni tenants ni aboutissants, que peut-on rêver de mieux qu'une place sûre, des appointements réguliers, le gîte et le couvert?

Le père Loriot lui tapotait la joue en disant :

— Ris donc un peu, petite... Tu ne veux pas ? Paraît que ta nature est comme ça...

Elle craignait d'être ingrate et elle jetait ses bras autour du cou du gros homme, lui embrassait les joues et s'écriait :

— Je n'ai pas besoin de rire pour bien vous aimer...

Elle avait maintenant vingt ans passés.

Un des convives poussait le coude de Loriot et lui disait, à voix basse et en clignant de l'œil :

— Hein? en voilà une qui n'a pas chaud dans le dos.

— Eh ! eh ! qui sait? faisait Loriot.

Le fait est qu'elle s'ignorait elle-même. Elle ne comprenait ni ne devinait rien de la vie.

Il y avait là, à ces banquets joyeux, de beaux gars endimanchés, au teint hâlé par la chaleur des fours, mi-ouvriers, mi-artistes, dont les muscles saillaient sous le drap fin de la redingote noire. Il lui semblait qu'elle fût trop petite, qu'elle glissât trop silencieusement dans la vie, pour que nul fît attention à elle.

C'était une de ses illusions enfantines que de se figurer qu'elle était invisible, impalpable, comme les fées des contes, de telle sorte que tout le monde ignorât qu'elle était là.

Point tout le monde, cependant. Car, un beau matin, Dolé, le principal ouvrier, presque l'ami du patron, lui ayant demandé un entretien particulier, s'enferma avec lui : leur conversation dura bien une heure.

Pauline chiffrait pendant ce temps-là, triturant dans son cerveau l'éternelle mouture des nombres, sous l'engrenage mécanique du calcul routinier.

Loriot la fit demander dans son bureau.

C'était un grand événement, — et gros d'inquiétudes.

Pauline se sentit pâlir et son cœur se crispa. Jamais cela n'était arrivé.

Que se passait-il? Est-ce qu'elle avait commis quelque faute?

— Entre, mon enfant, lui dit Loriot de sa grosse voix bienveillante.

Il était debout, vêtu de la longue houppelande de l'émailleur, fumant la belle pipe Kummer que les ouvriers lui avaient donnée à sa dernière fête et qui se culottait à plaisir.

— Assieds-toi, petite, lui dit-il en retirant sa pipe de sa bouche et en lâchant une forte bouffée qui le cacha un instant comme un nuage et réponds-moi bien franchement.

Elle avait obéi, s'était assise, avait croisé ses petites mains sur son corsage, tenant les yeux à demi fermés, baissant un peu la tête comme l'enfant qui attend une taloche.

— Est-ce que tu t'ennuies ici? demanda Loriot d'un ton plaisamment bourru.

— Moi... je n'ai pas dit cela...

— Ça n'est pas une réponse, ou plutôt ça prouve que tu le penses. Eh bien ! si tu veux, tu vas me quitter...

— Si je veux...

— Parbleu ! tu penses bien que je ne te mets pas à la porte. Est-elle godiche, avec ses airs de victime ! Mais, sapristi ! remue-toi donc un peu. Tiens, je voulais te faire des phrases pour te préparer à la chose, mais je veux voir si, une fois dans la vie, tu pourras te secouer. Une, deux, trois ! veux-tu te marier?...

Pauline jeta un petit cri et devint cramoisie ; en même temps des larmes emplirent ses yeux, et elle se sentit soudain si faible qu'elle se laissa retomber en arrière.

— Eh bien ! qu'est-ce qu'il y a ! Est-ce qu'elle va se pâmer maintenant? Eh ! petite ! je ne veux pas te faire de la peine. Je t'aime bien, tu le sais du reste... Si tu ne veux pas, dis-le, et il n'en sera plus question.

Pauline s'était remise.

— Je n'ai pas dit que je ne voulais pas.

Elle souriait maintenant, trouvant drôle la façon dont Loriot lui parlait mariage.

Elle n'avait pas réfléchi à cela. Le mariage lui semblait en dehors de son horizon. Elle n'avait jamais aperçu cela à travers les mailles de son treillis.

A peine avait-elle entendu prononcer le mot d'amour, dont la signification lui échappait, les nuits mêmes n'ayant pas eu de révélation pour elle.

Mais, tout à coup prononcé à son oreille, ce mot de mariage l'avait galvanisée tout entière.

C'était une sorte de seconde naissance.

Elle était cloîtrée et n'avait jamais rêvé l'évasion. Maintenant une porte s'ouvrait d'elle-même toute grande devant elle, et des bouffées d'air et de lumière lui sautaient au visage, au cœur et au cerveau.

Loriot n'était pas homme à deviner ces nuances.

Au premier mouvement de la jeune fille, il avait cru à une répulsion involontaire.

Maintenant, à son sourire, il crut bonnement qu'elle désirait depuis longtemps se marier.

— Hi ! hi ! fit-il en riant. La sainte nitouche ! paraît que ça mord !... Allons, ne rougis pas comme ça. C'est pas la mer à boire, va. Alors ça te ferait plaisir d'avoir un mari...

— Je ne sais pas, fit Pauline que ce verbiage étourdissait de nouveau.

— Naturellement, parce que tu ne sais pas qui est le mari. Tu me connais assez pour être sûre que c'est un brave garçon, et travailleur, et honnête. Un peu rêvassier, c'est vrai. Pas assez ouvrier, un peu trop artiste. Mais, dans la partie, ça ne nuit pas. C'est vrai que moi j'ai fait fortune en n'étant guère autre chose qu'un bon cuiseur d'émail, mais il y a autre chose... et Dolé est des bons...

— Dolé !

En répétant ce nom, Pauline regardait Loriot. Ce nom ne lui était pas inconnu.

Elle l'avait vu cent fois sur les listes de paye, en tête, en face de sommes relativement fortes.

— Eh ! oui Dolé, rien que ça, reprit Loriot. Un solide et un bon enfant. Du reste, je suis là à te raconter ça, comme si tu ne le connaissais pas.

— Moi je le connais ?...

— Parbleu, à moins que tu n'aies tes yeux dans ta poche... D'abord est-ce qu'il ne passe pas devant ton bureau tous les matins et tous les soirs avec les camarades ?...

C'est vrai qu'elle aurait dû le connaître ! Mais elle avait beau faire, elle ne se rappelait personne ; c'était la faute de ce brouillard perpétuel qui s'étendait devant ses yeux et ne lui permettait de rien voir qu'à travers un voile.

— Tu ne dis rien ! alors c'est entendu, tu le connais et il ne te déplaît pas !

C'était au contraire parce qu'elle ne le connaissait pas qu'il ne pouvait pas lui déplaire.

— Le plus fort est fait, reprit Loriot. Le mariage te va, le mari ne t'effraye pas. Parlons raison, alors. Tu comprends bien que je veux que tu sois heureuse. Quand ton pauvre père est mort, je lui ai promis de m'occuper de toi, et je n'ai qu'une parole. Aujourd'hui, la chance me favorise. Je n'aurais jamais espéré ça. Comment Dolé t'a remarquée, je n'en sais rien. C'est votre affaire à tous les deux... Peut-être bien qu'au lieu de faire mes comptes, Mlle Turlurette faisait de l'œil... Sufficit !... En somme, Dolé est venu me trouver, il y a une heure.

« Il a fait un petit héritage, une trentaine de mille francs. Il veut s'établir. Il a sa toquade d'émailleur sur verre. Il lui faut une bonne petite femme, bien douce, bien sage et au courant de la comptabilité... tu fais son affaire. Si tu acceptes, je te donnerai un trousseau. Je mettrai dans la maison de Dolé une belle pièce de dix mille francs, et en avant... Soyez contents et faites beaucoup d'enfants... Dis le mot, et ça y est.

Elle eût voulu ne pas répondre tout de suite : un monde d'idées bruissait en elle.

« Elle faisait son affaire ! » Ce n'est pas tout à fait ainsi qu'elle se figurait le mariage.

Mais aussi, M. Loriot était si bon. Ces milliers de francs résonnaient à l'oreille de Pauline, non point avec leur valeur pécuniaire, mais avec l'écho de bonté et de dévouement dont ils étaient la preuve.

Refuser, c'était impossible. L'hésitation même était une ingratitude.

— Eh bien ! allons, petite, reprit Loriot en donnant à sa grosse voix une inflexion enfantine, veux-tu-t-il ou veux-tu-t-il pas ?

Pauline ouvrit grand les yeux comme si, par-dessus le mot qu'elle allait prononcer, elle cherchait à découvrir l'horizon de son avenir.

Puis elle dit :

— Je veux bien !

— Parfait ! très bien ! Vive la joie ! Hé ! Dolé ! tu peux entrer, cria Loriot qui ouvrit la porte de son cabinet.

Alors, dans le couloir qui menait aux fours, Pauline vit, à travers un scintillement d'étincelles qui éclataient devant ses yeux, une forme haute, un peu vague, qui s'avança lentement.

C'était Dolé, un grand garçon robuste, ayant des cheveux blonds de couleur un peu fade...

— Avance donc, lambin !... J'ai mis des gants blancs, j'ai fait la demande... et je regrette de te dire... qu'elle accepte !...

Dolé avait le visage long, le nez droit, les yeux gris. Une barbiche blonde, qu'il tourmentait de la main, allongeait encore l'ovale de sa figure maigre.

Il restait là, immobile, tordant sa barbe, les yeux humides.

Loriot les regardait, riant, s'amusant beaucoup.

— Eh bien ! quand vous voudrez ? Qui est-ce qui parlera le premier ! à pile ou face...

— Mademoiselle... commença Dolé d'une voix étranglée.

— Après ? c'est tout ! Allons, il faut que je vous aide. Faut espérer que ça se bornera à la demande, pas vrai, Dolé ? Tu voudras bien te passer de moi plus tard. Je m'exécute. Mademoiselle Pauline, voilà un brave homme qui a vingt-huit ans, pas trop chiffonné comme vous voyez, qui vous demande pour femme, ça vous va-t-il ? Toi, Dolé, tends ta grosse patte.

Franchement, ayant le courage de ce geste d'appel et de prière, Dolé tendit vers Pauline sa main large, tout ouverte.

Pauline trouva dans ces fiançailles je ne sais quelle crânerie poétique qui la toucha. Elle allongea sa petite main et la posa sur celle de l'émailleur...

Dolé frissonna tout entier, et subitement retrouva la parole.

— Ah ! tenez, mademoiselle, je ne sais pas faire de grandes phrases. Mais vrai ! puisque le patron permet que je vous le dise, je vous aime... oui, sincèrement. Et ce n'est pas d'hier ! Quand je vous voyais, à votre place, si douce, si... jolie, je me disais que, si vous vouliez de moi, ça serait trop de bonheur !.... Alors, c'est bien sérieux... que vous ne me refusez pas !...

Pauline tourna la tête, comme si elle eût consulté encore une fois Loriot. Mais lui avait trouvé très gai de s'esquiver et de laisser les deux amoureux face à face.

— Ne répondez pas tout de suite, reprit Dolé. Car, auparavant, je veux que vous me connaissiez un peu... J'ai perdu mon père tout jeune, je n'ai plus que ma mère, une sainte femme... un peu rêche, mais bien bonne... Voilà qu'il m'est tombé une petite fortune... Qu'est-ce que j'en ferais tout seul ?... Des sottises, comme des camarades que je vois !... Mais, avec vous, je sens... laissez-moi vous dire cela... que je pourrai faire quelque chose de bien... C'est un bel art que le nôtre !... et qui a des noms glorieux. Ne riez pas ! mon ambition, c'est d'inscrire le mien sur la liste... Avec une compagne comme vous, je me sentirais un courage d'enfer. Je travaillerais jour et nuit et surtout, — écoutez bien ça, — pour qu'en vous entendant appeler Mme Dolé, eh bien ! vous soyez un petit peu heureuse et fière de porter ce nom-là !

Elle avait laissé sa main dans celle de l'émailleur.

Elle lui fit signe de continuer.

— Je ne vous ennuie pas ! Que vous êtes bonne ! Alors vous saurez tout. Moi, voyez-vous, j'ai un vice... (dame ! on n'est pas parfait !) je suis casanier. Le soir, les camarades vont à droite ou à gauche. Moi, je rentre chez moi, et je lis, et je travaille, et j'invente. C'est ma vie. Je trouverai quelque chose, allez !... Mais, quand je suis avec maman, quoiqu'elle soit excellente et qu'elle m'adore, je me sens tout seul. Pour qui est-ce que je m'éreinte à travailler ? Pour l'argent ? Je n'aime pas l'argent, je n'en ai pas besoin. Avec vous, ça sera autre chose.

Vous m'aiderez, ne fût-ce qu'en me regardant... Oh ! les bonnes soirées ! et puis le dimanche, à la campagne, les promenades en pleine verdure avec sa petite femme au bras... Des folies !... je vous en dis trop !... si vous alliez me refuser, maintenant !

Pauline n'avait eu garde de refuser.

La mère de Dolé l'avait fort bien accueillie.

Il l'avait bien dit. Elle était un peu sévère. Son mari était peintre, et cela lui avait été un grand crève-cœur de faire de son fils un ouvrier. Mais ce qui était fait était fait.

Certes, elle eût voulu que son fils épousât une fille du monde. Elle appartenait elle-même à une famille d'assez haute bourgeoisie et avait reçu une éducation de premier ordre.

Mais, en somme, la petite était gentillette, et puis douce, et pas trop mal élevée. On aurait pu tomber plus mal.

Le mariage se fit.

Pauline, entrant dans cette vie nouvelle, ne changea pas d'allures. Du premier coup, elle se révéla ménagère aussi industrieuse qu'elle avait été soigneuse employée.

Elle avait le goût inné des femmes pour tous les détails d'arrangement.

On avait loué la maison du boulevard Montparnasse. En quelques jours, les meubles, les rideaux, les tapis, le linge, tout fut organisé, comme s'il y avait dix ans qu'on eût vécu là.

Le magasin était resplendissant. Le père Loriot avait tenu à fournir les plus beaux modèles.

Ce furent de longues joies. Mais — chose singulière, — des joies tout extérieures.

Dolé et Pauline s'émerveillaient du décor au milieu duquel ils vivaient ; mais il leur manquait ces jouissances intimes, cette connaissance mutuelle, cette intuition qui révèle à chacun les sentiments de l'autre, cette union, en un mot, qui caractérise véritablement le mariage.

Dolé, — par le mariage, — s'était sacré artiste à ses propres yeux. Ce qu'il avait dit était vrai. Seul, il n'eût rien fait ; marié, il se mit au travail.

Ces douces soirées dont il avait parlé existaient bien en réalité : Pauline cousait ou recopiait les comptes du jour.

Dolé, courbé sur les livres qui traitent de l'art de l'émailleur, étudiait, réfléchissait, prenait des notes.

Pauline s'était tout d'abord sentie heureuse, véritablement, sans arrière-pensée.

Mais voici que peu à peu la monotonie de cette vie sans secousses l'avait ressaisie, l'avait cloîtrée à nouveau dans son immobilisme d'autrefois.

La cage était plus grande, les barreaux en étaient brillants, mais les maillons du treillis n'étaient pas moins serrés, et la vie ne venait pas jusqu'à elle.

Le mariage avait été dans cette vie une espérance d'éclosion, surtout une compréhension d'un monde autre que celui qui lui était connu. Quelque chose comme la levée rapide d'un rideau qui serait retombé tout à coup. Supposez un aveugle qui, pendant une seconde, aurait la perception du monde extérieur et retomberait dans sa nuit. Est-ce que la cécité ne lui semblerait pas cent fois plus atroce?

Ainsi des Pauline. Elle avait entrevu. Puis la nuit s'était faite.

La tristesse morne, tranquille, s'était de nouveau appesantie sur elle ; des fleurs commençaient à grandir, une pierre de tombe les écrasait.

Mais oui ! Dolé était le meilleur des hommes, le plus aimant, le plus dévoué. C'est évident. Pauline était impardonnable.

S'il passait ses soirées plié sous une lampe à abat-jour, c'était pour reconquérir les secrets perdus, c'était pour créer à son tour...

Soit ! mais le fait physique, c'était ce silence respecté, que rien ne devait troubler et qui n'était même pas rompu par les frissonnements du cœur de Pauline, battant si fort, sans qu'elle sût pourquoi.

Brave homme, Dolé ! Brave femme, la mère Dolé ! Mais tristes, tristes, tristes !

Là dedans, tout à coup, un éclat de rire éclenchit.

Ici, quelques détails sont nécessaires.

Dolé, avons-nous dit, était artiste dans toute la force du terme. Nul mieux que lui ne savait combiner des oppositions de teintes, nul n'était plus habile, plus intuitif pour doser des nuances. Mais où Dolé était insuffisant, c'était dans la partie dessin. Il rêvait, il combinait, il devinait. La main n'obéissait pas. Savoir ce qui serait beau et ne pouvoir réaliser cette beauté, c'est une torture.

Dolé, à force de recherches, comprenant que le commerce de détail ne lui procurerait jamais le bien-être absolu, avait concentré toutes ses énergies sur la découverte d'un procédé nouveau. Il s'agissait de trouver l'application de couleurs nouvelles à l'émail sur verre.

C'était à la découverte d'un rouge éclatant que s'était adonné Dolé.

Il parvint à obtenir le troisième rouge de la table Chevreul ; mais il fallait l'appliquer dans des conditions spéciales de dessin.

Ici Dolé sentit sa faiblesse. Il lui fallait un collaborateur.

Il avait bien Gaspard. Mais que faire de Gaspard?

Un mot sur lui.

Gaspard était un gros homme, court, contrefait.

Né d'un père ivrogne et d'une mère brutale, il avait été roué de coups dans son enfance.

Un jour, un coup de pied l'avait lancé du haut d'un troisième étage au bas de l'escalier. Il s'était démis la cuisse et la colonne vertébrale avait dévié.

Le père avait été condamné à un mois de prison et, à sa sortie de la geôle, avait fêté sa libération en buvant. — par manière

de pari, — un litre d'eau-de-vie qui l'avait tué.

La mère s'était vengée de sa mort sur l'enfant, qui, pendant deux ans, resta enchaîné au pied du lit, recevant des coups de poing sur la tête et martyrisé avec ces raffinements que savent inventer les mères féroces.

Il fut enfin délivré, la mégère ayant été assommée dans une rixe.

Dolé, qui habitait la même maison et qui avait arrêté le père de sa propre main, eut pitié de ce souffreteux, qui avait dix ans et qui en paraissait cinq.

Il demanda à Loriot la permission de le prendre comme apprenti.

L'enfant reprit de la vie et de la force.

Il était bâti pour devenir un géant. Mais ce ne fut qu'un colosse rabougri. La tête et le torse étaient énormes ; les épaules inégales semblaient avoir plié sous le poids d'un monde. La hanche déboîtée s'était ankylosée dans la longue immobilité à laquelle il avait été condamné par son bourreau.

Pourtant, dès que Gaspard fut sous la main de Dolé, il se sentit heureux. Ne plus être battu, ne plus être secoué à toute heure par les frissons de la crainte, c'était pour le misérable un peu d'ineffable repos.

Si bien qu'il se prit à aimer son maître d'un amour d'esclave.

Puis ce qu'il aimait encore c'étaient les couleurs que son ami Dolé combinait devant lui. Il les buvait par les yeux.

Nul n'était plus ignorant au point de vue de l'invention. On pouvait l'atteler à une tentative comme une bête de somme à un labeur de force. Il aurait résisté jusqu'à tomber. Mais il ne comprenait rien aux éléments de travail.

Dolé chercha un aide et le trouva. Il lui en coûta d'abord, car étant essentiellement calme, il avait antipathie des excentricités de Georges Rives, l'ouvrier hâbleur, rigoleur, bohème jusqu'à la grossièreté.

Une facilité prestigieuse. Si Georges eût voulu travailler, il eût gagné cinquante francs par jour. Cela lui arrivait deux fois par semaine, après quoi, en avant la noce !

— Prends garde, avait dit Loriot à Dolé qui le consultait, c'est une mauvaise pratique !

Dolé ayant besoin de Georges, avait trouvé son ancien patron trop sévère.

Quoi ! il était gai, blagueur, même un peu riboteur ?

Mais c'était justement quand il avait un coup de trop, qu'il montrait toutes ses qualités. La main était ferme, le coup de crayon sûr, et quel chic !

Georges, appelé par lui, vint, indolent, les mains dans ses poches, les cheveux noirs au vent.

Lâche, paresseux et égoïste, malgré son insouciance apparente, il eut chaud quand il pénétra dans ce confortable. Il faisait bon là-dedans.

Ce n'était pas l'atelier, avec sa promiscuité, avec ses régularités abrutissantes. Dolé admettait qu'on travaillât à ses heures, quand l'inspiration venait.

Il lui expliqua ce qu'il voulait, sans lui livrer toutefois son secret.

Georges prit l'air profond, médita et s'empressa, pour avoir le temps de classer ses idées, d'accepter l'invitation à dîner de Dolé.

Ce dîner marqua dans les existences de cette maison.

La mère était retenue chez elle par une légère indisposition. C'était un tête-à-tête à trois, Gaspard ne comptant pas, occupé qu'il était, dans les mets servis, à découvrir des couleurs ou des reflets.

Ça n'était pas d'une gaieté folle. Attends un peu !

Et voici que Georges partit pour la gloire, comme on dit.

Ce fut un feu roulant de plaisanteries, une pétarade de bons mots, une fusillade de calembredaines.

Dolé souriait, dodelinant de la tête, content de ce que Georges avait l'air de se plaire dans la maison.

Pauline riait... D'un franc rire, large, épanoui.

— Ne ris pas tant, tu vas te faire du mal ! disait Dolé.

Eh ! le moyen de ne pas rire !

Il est vrai que ce n'était guère spirituel et que ces plaisanteries avaient traîné un peu partout ; mais elle les ignorait toutes...

C'était la première fois que cette femme riait.

Dolé « ne l'avait jamais vue comme ça ».

C'était un triomphe pour Georges. Cela le flattait.

Après tout, la petite n'était pas si mal. C'était plaisir de voir rire ses trente-deux dents bien rangées dans leurs gencives fraîches : le teint pâle s'animait. Les yeux pétillaient.

— Tiens ! tiens ! se disait Georges en regagnant son logis.

La maison lui plaisait maintenant. Ce rire la mettait à sa discrétion.

Étant paresseux, il pouvait s'arranger là un nid de repos. De temps en temps, il suffisait d'un coup de collier pour satisfaire Dolé, et pour cela il comptait sur son tour de main.

En résumé, il ne travaillerait guère, il gagnerait de l'argent, se ferait nourrir, héberger, défrayer de tout, une véritable Capoue. Sans parler des gratifications et menus cadeaux qu'il saurait bien extorquer.

Georges, qui avait la malice des chercheurs d'occasion, ne voulut pas laisser échapper celle-ci. Grâce à lui, il y eut dans la vie de Pauline un changement radical d'allures.

Georges, grâce à ses relations avec quelques acteurs, se procurait des billets de spectacle. Dolé ne put refuser de conduire sa femme au théâtre. Mais cela le fatiguait, l'énervait : un jour vint où il commit la sottise attendue ; il insista pour que Georges accompagnât Pauline à sa place.

Ce bohème semblait si franc, si bon garçon ! Du reste, Dolé avait en sa femme la confiance la plus absolue, confiance que d'ailleurs elle méritait.

Elle aimait sincèrement et profondément Dolé, non point d'amour, mais d'une placide affection qui n'avait d'autre défaut que d'être prématurée. Ces affections ne sont solides qu'à la condition de succéder à des emportements passionnés. Ce sont les fleurs d'automne qui ne sont belles que si l'été a été chaud.

Entre Dolé et sa femme, ç'avait été un automne perpétuel. Ils n'avaient pas connu l'été et ignoraient le soleil.

Délibérément, Georges exploita la situation.

Il avait l'éloquence banale des beaux parleurs. C'était aux oreilles de Pauline un langage si nouveau, qu'elle l'écoutait avec plus de surprise que de bonheur.

Elle devinait un danger ; mais Georges était assez habile pour savoir, au moment où une audace effrayait, chasser cette terreur par de plaisantes saillies.

Elle arrivait à ne plus le craindre. Elle se plaisait avec lui et ne s'en cachait pas. Sa franchise même, qui n'était pas jouée, semblait une garantie de son indifférence.

Georges ne s'y trompait pas. Raisonneur et froid, ayant tracé son plan, marchant à un but fixé d'avance, il sut choisir l'heure, la minute propices.

Il fut gai, brutal, dominateur... Pauline fut prise de force entre une menace et une grosse facétie.

Revenue à elle, elle eut horreur de sa faute ; pour se donner le change, elle joua en face elle-même la comédie sentimentale de la femme romanesque.

Elle se répétait cent fois le jour : je l'aime ! je l'aime ! sachant que ce n'était pas vrai, mais sentant le besoin de se forger cette excuse.

Dolé était calme, ignorant, à cent lieues du soupçon.

Autour de ce rayon d'âpre soleil, qui était l'amour de Georges, tout restait comme par le passé, grisâtre, nébuleux, monotone. Cette lueur paraissait aux yeux de la pauvre femme d'autant plus brillante que le brouillard ambiant demeurait plus épais.

Pauline écrivait aussi : tout ce qu'il y avait en elle de vitalité féminine s'abandonnait à la joie imprudente de l'expansion.

Pendant longtemps, Georges eut la crânerie d'allumer sa pipe sous les yeux du mari, avec les lettres de la femme.

Un jour, il commença à les garder.

A force de travail, Dolé avait en ce moment découvert un procédé nouveau, qui donnait aux émaux une couleur plus brillante.

Georges vola le secret et l'alla vendre à un concurrent.

Quand Dolé vit que son procédé ne lui appartenait plus, il faillit devenir fou.

D'abord, il ne soupçonna rien. Il était trop honnête pour supposer qu'un ami, un hôte, un camarade pût être un traître.

Ce fut Gaspard, le taciturne, qui devina Judas. Son flair l'avait averti.

Georges paya d'insolence.

Mais Dolé croyait en Gaspard et chassa le misérable.

Au fond, peu lui importait. Il avait en poche une somme assez ronde et la petite commençait à le fatiguer singulièrement. Il disparut.

Pauline resta seule, mais elle n'était plus la même femme. Le départ de Georges ne lui arracha pas de larmes ; au contraire, elle eut un soupir de soulagement ; et, s'étonnant, elle sentit aux lèvres je ne sais quelle amertume de dégoût.

Et il se passa ce singulier phénomène : c'est que l'amant lui avait appris à aimer le mari.

Quand elle vit Dolé abattu, navré, presque découragé, cherchant cependant à se ressaisir et à réagir contre sa propre faiblesse, elle s'aperçut tout à coup de la solidité des liens qui l'attachaient à lui.

Elle eut la notion de l'expiation, du rachat, et, comprenant les luttes qui se livraient dans cet homme, elle l'admira, l'aida, devint à la fois son amie, sa consolatrice, sa conseillère, sa femme.

Ils recommencèrent la route qu'ils avaient déjà parcourue sans la voir. Ils avaient cinq ans de mariage. Cette crise fut leur lune de miel. Et, comme si la maternité n'eût attendu que ce renouveau pour éclore, Pauline eut un enfant, un fils.

Dolé avait repris ses études.

Pauline s'intéressait maintenant à la bataille quotidienne du commerce.

Gaspard lui-même était entraîné par le mouvement général ; quoi qu'il restât toujours silencieux, il travaillait avec plus d'entrain, il avait de bons regards de terre-neuve, qui allaient de Dolé à sa femme.

Il avait de gros rires sonores, en jouant avec le bébé qui plongeait ses doigts gros et courts dans son énorme tignasse.

Dolé était livré de nouveau au démon des chercheurs. Mais Pauline était près de lui, attentive à ses travaux. Et, si parfois il redoutait un échec, elle l'encourageait, ayant confiance en lui, non des lèvres, mais du cœur.

Les expériences sont coûteuses. L'argent diminuait. La vente au détail ne compensait pas les sacrifices qu'on s'imposait.

Mais le résultat était proche. Le jour où Dolé réussirait il aurait des commanditaires tout prêts. Cela devenait une affaire considérable. Bébé Jacques serait millionnaire. On lui donnerait une belle éducation ; ce serait un véritable artiste.

Il y avait des embarras d'argent. Bah ! Pauline était une financière de premier ordre.

Elle répondait de tenir encore plusieurs mois, et Dolé ne demandait plus que quelques jours. Et c'était au milieu de ce tra-

vail, de cette fièvre saine de l'effort et de l'espérance que le passé s'était dressé tout à coup.

Les acteurs étant maintenant connus, revenons au drame.

IV

Soudain Pauline se trouva sur le boulevard Montparnasse, en face de la petite maison. Elle eut le sursaut d'un réveil.

Elle aurait voulu reculer, marcher encore, reprendre possession d'elle-même : mais elle avait été aperçue et la porte s'était ouverte, le petit Jacques s'étant pendu au bec-de-cane en criant :

— Ah ! la voilà, maman.

Dans le fond du magasin, auprès de la vitrine, Mme Dolé, la mère, était assise, le buste droit sur le busc de fer, ce qui constituait pour elle la dignité de la femme.

Par un élan presque sauvage Pauline saisit l'enfant dans ses bras et l'embrassa.

— Oh ! tu es toute mouillée, maman !

Pauline n'avait pas réfléchi, n'avait préparé aucun mensonge. Nul ne l'a questionnait à l'ordinaire. Une commerçante va et vient sans que personne s'en préoccupe. Mais ce qui est plus vrai, c'est que, si des interrogations lui étaient adressées, elle n'y prenait pas garde, ayant sa franche et vraie réponse toujours prête.

Cette fois elle se sentit hésiter.

Mais, en une seconde, elle comprit que moins que jamais il fallait paraître embarrassée.

Calmant subitement le tremblement qu'elle avait à la gorge, elle s'écria d'un ton le plus naturel :

— Quel temps ! je croyais que je n'arriverais jamais ! pas moyen de trouver un omnibus !

Elle alla à la veuve, lui posa ses lèvres au front comme elle faisait toujours. Puis se tournant vers Gaspard, qui clouait une petite caisse :

— Dolé n'est pas encore rentré ?

— Non, madame.

— Eh bien ! je vais changer de robe... Mère, montez avec moi.

Mme Dolé mère, — en raison des convenances qu'elle n'oubliait jamais, — ne se serait pas permis de pénétrer dans l'appartement pendant l'absence de sa belle-fille.

Invitée à monter, madame mère suivit sa bru, avant l'enfant accroché à ses jupes.

Rapidement Pauline passa dans son cabinet de toilette.

Elle se hâtait de conquérir ces quelques minutes de solitude, sentant qu'elles lui suffiraient. Elle avait été si brusquement reprise par la vie de famille que la réaction s'était produite sans qu'elle s'en aperçût.

Elle entendait l'enfant causer avec sa grand'mère :

— Dis donc, bonne ! on va dîner... tant mieux... j'ai faim tout plein !

— On dit j'ai très faim ! corrigeait la puriste.

Pauline était restée un instant immobile, voulant se ressaisir tout entière, savoir ce qu'elle avait fait, où elle était, ce qui allait arriver...

Les faits étaient clairs, effrayants.

Elle avait tué... Avait-elle prémédité le crime ? Non.

Elle ne savait pas comment la chose s'était passée. Elle ne pouvait reconstituer le mouvement de sa main pressant le revolver, visant, tirant.

Elle avait bien pris les lettres ? Oui, heureusement. Ç'avait été par un mouvement machinal, et elle eut besoin de les toucher, de les regarder, pour être certaine qu'elle ne les avait pas laissées dans cette chambre maudite.

Elle n'éprouvait pas de remords. Elle discutait le fait.

De l'homme mort, il ne lui restait qu'un souvenir de haine et de dégoût.

Il avait menacé ignoblement son mari, son enfant. Elle avait défendu ceux qu'elle aimait. C'était son devoir.

Mais elle raisonnait ses inquiétudes. Si on allait découvrir !... Elle frissonna à cette pensée que Dolé saurait tout. Comment expliquer qu'elle était allée dans une chambre d'hôtel, si loin de chez elle, dans un lieu d'apparence infâme !...

Dolé ne serait pas assez sot pour ne pas comprendre ? Et ce serait la preuve de cet adultère qu'elle avait dissimulé... à quel prix !...

Aussi ce n'étaient pas la justice, l'expiation qu'elle redoutait. Elle n'y songeait même pas. Ce qui la hantait, c'était la terreur d'être dénoncée à Dolé... Il la tuerait peut-être, mais pardonnât-il, ce serait sa mort à lui...

Et tout à coup une horrible sensation la secoua tout entière... Elle était devenue enceinte peu de temps après l'expulsion du misérable ! Dolé croirait qu'elle n'avait jamais cessé de le voir... il douterait de sa paternité !

Non ! il n'en douterait même pas, il serait convaincu que l'enfant n'était pas le sien.

Voilà qui serait réellement épouvantable ! lui qui adorait Jacques, lui qui ne vivait dans le présent et dans l'avenir que pour ce cher petit !

Des sanglots montèrent à la gorge de Pauline.

Elle se martela le front de ses poings, comme si elle eût tenté d'écraser cette idée torturante.

Mais tout à coup :

— Il ne saura rien... il le faut !... se dit-elle.

Et l'énergie nerveuse de la petite femme se réveilla plus ardente.

Elle ne voulut pas réfléchir. Il valait mieux attendre, se calmer, être prête à tout.

Oui, elle aimait Dolé, elle aimait Jacques. Elle saurait bien les sauver d'elle-même.

de son crime d'autrefois et de son crime d'aujourd'hui.

Rapidement, elle se déshabillait.

Elle avait mis les lettres sur le rebord de sa toilette. Elle n'avait pas à sa disposition de feu pour les détruire. Elle ferait cela plus tard. Il n'y avait pas péril que Dolé les découvrît.

A force d'eau fraîche, elle calma l'irritation de ses paupières, nuagea sa pâleur de poudre de riz, puis, au moment de rentrer dans sa chambre, la main sur le bouton de la porte, elle s'interrogea encore une fois. Se sentait-elle vraiment forte, n'avait-elle à craindre aucune défaillance ? Non, elle était résolue.

Elle était débitrice envers sa famille, envers Dolé, — d'honneur et de repos. Elle saurait payer.

Posément, elle reparut.

Madame mère était debout au milieu de la pièce, son chapeau sur la tête, le châle serré au corps.

— Pourquoi ne vous débarrassez-vous pas, maman, pourquoi n'êtes-vous pas assise ?

— Vous ne me l'avez pas dit, répliqua la veuve.

Ceci était la rentrée complète dans la vie normale.

La maison se fût-elle écroulée sur sa tête que la mère Dolé ne se fût pas départie des règles qui constituaient à ses yeux la suprême bienséance.

On devait l'inviter à quitter son châle et son chapeau, l'inviter à prendre un siège. Sinon elle restait debout et armée.

Pauline l'aida à se dévêtir, puis approcha un fauteuil.

Jacquet, câlin, se frottait contre la jupe de sa mère en riant un peu.

A ce moment, la voix de Dolé, se fit entendre dans le magasin. Il parlait à Gaspard, très haut. Pauline n'entendait pas, mais il lui sembla que son accent était singulier.

Craignant un danger, mais prompte à aller au-devant de lui, elle repoussa doucement Jacques et descendit vivement.

— Ah ! te voilà, chérie ! s'écria Dolé. Tiens ! regarde Gaspard !...

Gaspard était très rouge, les yeux hors de la tête. Il eût été impossible de savoir s'il avait envie de rire ou de pleurer.

— Qu'y a-t-il donc ? demanda Pauline.

— Il y a, ma Paulette, que j'arrive du boulevard d'Italie.

Elle ne broncha pas, ne pâlit pas, et dit :

— Ah !

— Et que nous avons bûché avec Loriot comme des nègres jusqu'à cinq heures... et que... nous avons réussi !

Pauline comprit. C'était l'essai suprême dont il lui avait parlé.

— En grand ? demanda-t-elle.

— Non, pas encore, nous n'avions risqué qu'une pièce au sabot... mais ça a marché comme sur des roulettes !... Ça y est !... la fortune de la maison Dolé est faite !...

Ça n'a pas été sans peine ! Embrasse-moi, Paulette ! et Jacquet, où est-il ?...

L'enfant, curieux, s'était penché sur le balcon de l'escalier, il entendit son nom et dégringola dans les bras de son père.

— Alors vous êtes content, Gaspard ? demanda Pauline au brave homme.

— Moi !... Ah ! pristi oui !... d'autant plus que M. Dolé me dit que dans trois jours nous aurons le grand feu... chez M. Loriot... et que ce sera moi qui travaillerai !

— Tu te rôtiras à n'être plus qu'un charbon !

— Ça m'est égal, pourvu que nous réussissions... Ah ! fit-il après réflexion en tendant son poing énorme, ça serait déjà fait sans ce gueux de Georges !

— Dolé, ta mère est en haut, dit Pauline.

— Il a raison, Gaspard, continua Dolé, et la même idée m'est venue tout à l'heure chez Loriot ; en voilà un qui crèverait comme un chien que ce serait bien fait...

— Ta mère va s'impatienter, reprit Pauline.

— J'y vais... Ça ne fait rien, en sortant de chez Loriot, j'ai eu un instant l'idée d'aller chez lui pour lui casser les reins.

Il montait en disant cela. Pauline serrait la rampe pour ne pas chanceler.

— Eh ! pourquoi diable, ne descendais-tu pas, maman ? demanda Dolé en embrassant la vieille femme.

— Ne me bouscule donc pas comme ça ! Depuis quand ai-je l'habitude de m'imposer ? Tu parlais de tes affaires.

— Est-ce que j'ai des affaires, moi ! Ce sont nos affaires, à toi, à Paulette, à Jacquet à Gaspard... Tiens ! Gaspard... Dis donc, petite femme, je suis si content que j'ai envie de quelque chose...

— Quoi donc ?

— Si nous invitions Gaspard à dîner ?

Il faut dire que depuis le départ de Georges, Gaspard, par discrétion, avait pris l'habitude de dîner chez un marchand de vin du voisinage.

Madame mère fit bien un peu la grimace. Elle aimait assez que chacun se tînt à sa place. Mais déjà Jacquet, sautant quatre marches à la fois, avait roulé jusqu'au magasin et avait transmis l'invitation comme si c'eût été un ordre.

Pauline voyant la table mise, Dolé en face d'elle, à ses côtés sa belle-mère et Jacquet, Gaspard entre l'enfant et le père, éprouva une sensation de triomphe.

Aujourd'hui ce calme était son œuvre. Cette sérénité joyeuse lui coûtait des angoisses inexprimables ; à chaque mot prononcé, à chaque évocation sinistre du nom de Georges, passait devant ses yeux un spectre effrayant ; elle avait au cœur des contractions qui la faisaient souffrir à crier.

Mais qu'importaient ses angoisses à elle ? La faute du passé lui avait imposé la mission de se tenir devant ce foyer, en sentinelle hardie, pour en chasser l'ennemi.

— Ah ! chère femme, dit Dolé tout à coup, si tu savais tout ce que je pense...

Elle le regarda curieusement.

— Te souviens-tu, Paulette, de ce que je t'ai dit dans le cabinet du père Loriot, le jour où je t'ai demandée en mariage ?...

Le hasard a des ironies féroces. Ces souvenirs revenaient à une mauvaise heure. Mais Pauline sourit doucement.

— Un temps viendra où vous serez fière de mon nom, m'écriai-je alors. J'avais confiance ; je me disais bien sincèrement qu'avec une compagne telle que toi, je surmonterais tous les obstacles... Eh bien, j'avais raison ! Aujourd'hui que le succès est certain, je puis l'avouer ! sans toi, quand ce misérable Georges m'a trahi, j'aurais tout lâché !... Oui, cela m'avait brisé... Pour moi je ne connais pas de souffrance plus atroce que celle-là : avoir cru en quelqu'un, puis voir qu'on a été un niais, une brute, et qu'on vous a vendu, trahi, qu'on s'est moqué de vous, de votre bon cœur... et quand j'ai été forcé, malgré moi...

Ici madame mère interrompit pour protester au nom de Vaugelas :

— Forcé suffit... « malgré moi » est un pléonasme...

— Parbleu ! ça m'est bien égal ! je parle à la bonne flanquette...

— Franquette, corrigea l'incorrigible.

— Tout cela n'empêche pas, s'écria Dolé, que ma femme, ma bonne, ma digne, ma chère femme m'a tiré du trou où j'allais me noyer... Ça n'empêche pas que, depuis ce jour-là, je l'ai aimée cent fois plus, si c'est possible... et qu'aujourd'hui, touchant enfin à mon but, je lui tends bien gentiment la main et que je lui dis, tout haut : Madame Dolé, je t'adore !

Et moitié riant, moitié ému, il tendit à Pauline par-dessus la table sa main tout ouverte.

Je ne sais quelle peur la prit.

Bien qu'elle sût combien Dolé était incapable de dissimulation, cependant cette expansion se produisait en un instant si critique, qu'elle eut l'idée rapide d'un jeu cruel.

S'il demandait sa main, peut-être voulait-il sentir si elle était glacée ou fiévreuse ?... Elle l'ignorait elle-même, tant le sang affluait à son cœur, tant la congestion qui étreignait son cerveau lui ôtait la notion de ses sensations externes...

Elle eut une inspiration.

Promptement, sans que l'hésitation pût être apparente, elle prit la menotte de l'enfant et la posa dans la main du père... N'est-ce pas la communication sublime entre ces deux êtres, — le père et la mère, — dont l'enfant est la chair et le sang ?...

Dolé rougit de bonheur. Il avait compris aussi.

— Ah ! c'est gentil, cela, petite femme ! Oui, le bébé, c'est toi et c'est moi. Ne crois pas que je l'oubliais au moins... Je veux que parmi nos artistes ce soit un titre que d'être la femme de Dolé, le fils de Dolé... Ah ! vous deux, vous deux ! voilà toute ma vie !

Il y eut un petit coup sec. Madame mère

avait posé nettement sa fourchette sur le coin de son assiette.

C'était bref, mais clair.

On eût dit que la fourchette irritée rappelait à l'ordre ce mari qui, tout absorbé en sa femme et son enfant, oubliait qu'il avait une mère.

Il se leva, prit la vieille femme par la tête et l'embrassant :

— Je t'aime, maman, je t'aime... là ! une fois pour toutes !

— Pour toutes, soupira-t-elle.

Dolé était en verve. Le bonheur délie la langue ; il s'épanouissait dans sa joie.

Plusieurs fois pendant le repas, le timbre de la porte extérieure jeta son appel.

Alors Pauline tressaillait, tendait l'oreille, tandis que Gaspard descendait ; elle épiait le bruit des voix. Puis l'homme remontait. C'était ceci, cela, une commande, une réclamation. Tous les nerfs de la pauvre femme se détendaient.

Un moment, elle eut peur d'avoir une attaque de nerfs. Ce fut un terrible effroi, car, si elle perdait un seul instant la possession d'elle-même, si elle criait sans le vouloir, si elle parlait, alors son secret pouvait lui échapper !...

Elle avait des épingles à son corsage. Elle en détacha une sans que nul y prît garde ; et comme la défaillance s'emparait d'elle, elle s'enfonça l'épingle dans le doigt lentement, savourant cette douleur qui la réveillait...

— Tiens ! je me suis piquée, fit-elle.

Et elle essaya de sa serviette la goutte de sang qui perlait sur son ongle.

Rendez-vous était pris avec Loriot pour le troisième jour.

On se mettrait au travail dès le matin, Loriot avait eu l'idée de modifier la construction d'un four.

C'était un samedi, on fêterait la réussite définitive, — qui ne pouvait plus être mise en doute, — dans un banquet de famille, le dimanche.

Les époux Dolé se couchèrent à onze heures. On était au jeudi.

Pauline ne put dormir. Elle pensait trop. Puis c'était comme au moment où la crise nerveuse l'avait menacée. S'étant assoupie un instant, elle vit se dresser devant elle des images effrayantes, sans signification précise ; elle poussa un cri et s'éveilla.

— Qu'est-ce que tu as, Paulette ? demanda Dolé endormi.

Elle ne répondit pas, mais elle pensa que le sommeil était dangereux. Il fallait qu'elle fût toujours maîtresse d'elle-même.

Elle se contraignit à rester éveillée, et, pour arriver à son but, elle eut l'audace d'évoquer devant elle la scène atroce de la rue des Cinq-Diamants.

Elle replaçait devant ses yeux, par l'effort de la volonté, la figure hideusement menaçante du bohème ; elle le revoyait écrivant, ricanant, parlant de déshonorer Dolé, puis tombant tout à coup avec un râle...

C'était une torture. Mais du moins elle ne dormait pas.

Même elle avait tellement épuisé l'horreur qu'au matin elle se sentit plus calme.

Elle descendit de bonne heure au magasin.

Ainsi douze heures étaient déjà passées, rien n'était changé. Elle pouvait se figurer que rien d'anormal ne s'était passé dans sa vie.

— La Petite République ! cria au dehors le gamin qui passait tous les matins.

Elle se leva brusquement, alla à la porte, prit le journal et le froissa dans sa main.

Ceci encore était l'inconnu, était la peur. Elle n'y avait pas songé. C'était un fait divers que cette mort violente.

Qu'allait-elle lire ?... Elle eut d'abord le désir de faire disparaître le journal, de rester dans son ignorance. Puis elle se dit qu'au contraire il pourrait lui être utile de connaître les détails de la découverte du cadavre.

Elle déplia la feuille et la parcourut des yeux. Elle n'y voyait pas. Elle ne savait même plus où se trouvaient les accidents et les crimes.

Elle suivit des yeux les douze colonnes une première, puis une seconde fois.

Voyons ! elle ne savait donc plus lire ! Si fait ! C'était vrai ! Il n'y avait rien !... rien ! Alors elle reprit les lignes une à une, craignant de passer un seul mot.

Elle ne pouvait plus douter, les journalistes n'avaient pas encore connaissance de la catastrophe.

Dolé vint, prit le journal à son tour, et le parcourut.

Elle ne le quittait pas du regard, ayant peur, malgré tout d'avoir laissé échapper quelque passage.

— Les journaux sont bien ennuyeux dans ce moment-ci, fit-il, il n'y a jamais rien.

Alors recommença le train ordinaire de leur vie. Justement cette journée fut très occupée. Il y eut des moments où Pauline oublia.

Malgré elle, un sentiment de sécurité l'emplissait. Elle était contrainte de se rappeler elle-même à la réalité, de réveiller sa terreur qui s'endormait.

Cette seconde nuit, elle dormit si lourdement qu'elle n'eut même pas la notion de ses rêves.

Du reste on devait se lever de grand matin.

C'était le samedi, le grand jour.

V

A sept heures du matin, madame mère arriva.

Elle s'assit, raide, juchée sur son busc, le visage sérieux, pénétrée de la responsabilité assumée.

Elle reçut avec dignité les remerciements anticipés de Dolé et de sa femme.

— Et faites beaucoup de bonnes affaires !
lui dit Dolé en la quittant.

— Je ferai mon devoir, répondit-elle gravement, comme l'officier qui va monter à l'assaut.

Gaspard était parti en avant.

La bonne habillait Jacquet qui se portait à merveille.

Tout marchait bien.

Dolé avait désiré que sa femme l'accompagnât chez Loriot.

— En route ! fit-il. Ton bras, Paulette.

Et, après un dernier salut adressé à madame mère, les deux époux se mirent en chemin.

Pauline était petite. Dolé était grand. Il se courbait un peu pour abaisser le bras sur lequel elle s'appuyait.

Elle levait la tête et le regardait.

Il était tout fier d'avoir sa femme au bras.

Cela ne lui arrivait pas souvent en semaine.

Au reflet blanc du soleil matinal, le teint de Pauline avait une pureté quasi virginale. Elle paraissait quinze ans.

Dolé pensait qu'on devait la prendre pour sa fille.

Elle fermait à demi les yeux, heureuse de se laisser guider comme un enfant. Elle allait comme à travers un rêve et savourait ce demi-sommeil, dans lequel s'effaçait la perception de la réalité.

Tout à coup, elle tressaillit.

— Qu'as-tu donc ? demanda Dolé.

— Rien, fit-elle. Mon pied a glissé.

Elle mentait.

Elle avait reçu une commotion en plein cœur.

Le chemin qu'ils suivaient tous deux, c'était celui qu'elle avait parcouru elle-même deux jours auparavant, — et par deux fois, — avant et après... le crime !

N'était-ce pas une sinistre ironie du hasard?

Un instant, dans son trouble, elle ne comprit pas pourquoi ils étaient là et non ailleurs. C'était pourtant bien simple, puisque la maison Loriot se trouvait au coin de la rue Vandrezanne et de l'avenue d'Italie.

Elle n'en éprouvait pas une moindre torture.

Il lui semblait qu'elle était attirée, comme le fer, par l'aimant...

Ils étaient arrivés à la rue Corsivart. Et voici que, de l'autre côté du boulevard d'Italie, Pauline apercevait le bout de la rue des Cinq-Diamants, toute blanche de soleil et qui semblait, entre les lignes des maisons noirâtres, un long corps debout, sentinelle ou fantôme.

Et, comme ils suivaient le boulevard, c'était en droite ligne que Pauline allait à ce fantôme. Encore quelques pas, que le boulevard fût traversé, et elle s'engouffrait dans cette lueur...

Dolé tourna à gauche.

Ils obliquaient pour atteindre l'avenue d'Italie. Pauline, les yeux rivés à la rue maudite, tournait la tête.

Elle la voyait maintenant de biais, dans toute sa longueur. Son œil fouillait pour découvrir la maison criminelle, pour s'y accrocher. Mais toutes ces bâtisses se ressemblaient. Du reste, rien qui indiquât le moindre trouble dans cette immobilité.

Le coin de l'avenue coupa brutalement la perspective. Ce fut pour elle comme un effet physique, pareil à un heurt brusque sur les yeux. Et elle ressentit le contre-coup au cerveau.

Pendant quelques instants, elle perdit, — par étourdissement, — toute notion de ce qui l'entourait.

— Arrivez donc, les enfants ! cria une voix joyeuse.

Et, comme en vieillissant Loriot s'arrogeait des droits paternels, il prit Pauline dans ses bras, l'enleva de terre comme un enfant et l'embrassa sur les deux joues :

— Et toi, Dolé, si tu es jaloux, tu iras le dire à Rome...

C'était une étrange nature que celle de Pauline. Il est évident que chez elle le libre arbitre n'existait pas.

Cet organisme, toujours vibrant, subissait comme les cordes d'une harpe des influences sans cesse variées et qui en tiraient des sons, c'est-à-dire des actes, dont elle n'était pas consciente, donc point responsable. Toute excitation, quelle qu'elle fût, la livrait à l'exaltation cérébrale et nerveuse qui constituait sa véritable nature.

L'amicale violence de Loriot, son gros baiser, son rire sonore frappèrent son cerveau avec le retentissement aigu d'un marteau heurtant un bouclier de cuivre.

Elle poussa un cri d'effroi, de surprise, de souffrance, et, pâlissant affreusement, elle chancela, prête à tomber.

Mais Dolé la retint, ne comprenant ni ne pouvant comprendre.

Attribuant cette défaillance à la brutalité involontaire de Loriot :

— Patron, vous êtes trop brusque, lui dit-il presque durement, vous lui avez fait mal.

Mais ce court moment avait suffi à Pauline pour qu'elle recouvrât son sang-froid.

Elle tendit ses mains aux deux hommes.

— Eh bien ! dit-elle gentiment, est-ce qu'on va se disputer à cause de moi? Je ne suis pas devenue si petite maîtresse que cela...

« Veux-tu savoir pourquoi je suis tout émue? reprit-elle. C'est parce qu'en entrant chez M. Loriot, je songe à toutes tes espérances et je crains un peu qu'elles ne soient déçues...

— Vrai ! c'est pour ça?... Veux-tu bien ne pas te faire de mauvais sang ! D'abord, je suis sûr de réussir ! demande au papa Loriot...

Celui-ci approuva de la tête.

— Et puis, quand même ça ne marcherait pas tout de suite comme sur des roulettes, eh bien ! on recommencerait ; voilà tout.

Ils avaient pénétré dans la maison.

Pauline s'arrêta devant le bureau de la caissière.

— Plus personne, dit Loriot, l'oiseau est envolé. Maintenant c'est un de mes comptables qui s'installe là les jours de paye.

Pauline regardait. Elle s'étonnait presque de cette solitude.

La petite pièce avec ses boiseries de chêne et ses cartons verts, qu'elle apercevait à travers la demi-teinte des treillis de fer, lui faisait l'effet d'une tombe vide d'où elle se serait échappée et dans laquelle elle aspirait à rentrer.

Elle ne put résister au désir inexpliqué qui s'imposait à elle.

Tandis que Dolé et Loriot causaient, elle se glissa sans bruit et s'assit sur la haute chaise qui faisait face au guichet.

Et, comme il arrive souvent, lorsque des objets vus autrefois se représentent de nouveau aux yeux, elle eut la sensation profonde, intime, de sa vie passée, de ce calme, — semblable au sommeil, — dans lequel s'était écoulée sa jeunesse.

Elle mesura le long espace qui la séparait de cette placidité dont elle avait souffert et qu'elle regrettait maintenant...

Elle passa la main sur son front, par un geste brusque et plein de volonté. Elle déchira le voile qui obscurcissait son cerveau et rentra dans la réalité.

— Allons, Paulette, disait le brave homme, est-ce que vous vous croyez encore la petite caissière d'autrefois?... Vous êtes Mme Dolé...

Il venait de prononcer, — sans le savoir, — ce que les auteurs dramatiques appellent le mot de la situation. Oui, elle était Mme Dolé, et elle n'avait pas le droit de l'oublier, fût-ce pendant une seconde.

Elle était Mme Dolé, deux fois coupable, qui devait lutter pour sauver les épaves de cet honneur qu'elle avait brisé !

— Me voici ! fit-elle avec un éclat de voix dans lequel il y avait à la fois de la résignation et de l'enthousiasme.

Elle suivit les deux hommes, qui entraient dans les ateliers.

Les ouvriers levèrent la tête. Les mains se tendaient vers Dolé, les plus anciens, qui avaient connu la petite caissière, lui adressèrent leurs bons souhaits d'avenir.

Ils arrivèrent au four. Dolé avait voulu que cet essai définitif se fît chez Loriot. C'était une garantie contre ses impatiences. Dolé, surtout quand il s'agissait d'expériences nouvelles, avait souvent compromis le résultat de ses tentatives, parce qu'il s'était trop hâté de vouloir examiner la pièce émaillée.

Le moufle-four de l'émailleur se compose d'une sorte de caisse en terre réfractaire, sous laquelle un foyer, alimenté par du bois, développe une chaleur intense. Au-dessous du foyer lui-même, se trouve le cendrier, et, pour obtenir une chaleur d'abord moins forte, puis peu à peu graduée, il arrive souvent qu'on allume le feu dans le cendrier.

Gaspard était un chauffeur habile. Sa longue expérience donnait à sa main en quelque sorte la mesure exacte du bois à placer dans le foyer.

Il se tenait devant le moufle, recevant en plein la chaleur, faisant de son corps un mesureur qui ne le trompait pas.

Dolé appliqua son œil à l'oculaire.

Il vit sous la teinte rougeâtre du moufle, le vase de verre, à la panse élégante, au cou allongé, couvert des émaux encore durs. Tout allait bien. Il comptait sur deux heures de chauffe et autant de refroidissement.

A midi, tout devait être terminé. Il était convenu qu'à onze heures on se mettrait à déjeuner.

Ce n'était plus qu'une affaire de patience. Dolé et Gaspard ne quittaient pas l'oculaire, parlaient bas, comme s'ils eussent craint que le bruit de leur voix ne brisât le verre fragile.

Pauline s'était assise sur un tas de briques, immobile, mais souriante.

Quand Dolé se penchait vers le tuyau du moufle, alors elle voyait son visage éclairé en plein par le jet de lumière.

L'homme qui travaille, qui est saisi par l'idée, est réellement beau. Tel il lui paraissait, bon, brave, honnête intelligent. Inquiète, elle suivait avec une attention jalouse les moindres jeux de sa physionomie.

De temps en temps, Dolé, sentant que le regard de sa femme était porté sur lui, se tournait vers elle et lui souriait. Elle lui adressait un signe interrogateur.

— Cela va bien ?

Il clignait de l'œil, content.

Gaspard, rouge, le front ruisselant de sueur, ne se détournait pas un seul instant. Loriot allait et venait de ses ateliers aux moufles.

Peu à peu la chaleur saisissait Pauline au cerveau. L'engourdissement s'épandait en elle : elle éprouvait un bonheur calme et comme endormi.

Dans cette pièce, aux murs jaunes, aux planchettes chargées de plats de toutes formes, de fioles remplies de produits chimiques, elle se sentait à l'abri de tout malheur, de toute surprise... Elle était enfermée dans une citadelle de travail et ne craignait plus l'ennemi.

Le temps passait sans qu'elle en eût la notion.

Dix heures venaient de sonner. Dolé alla vers sa femme et lui prit la main.

— Viens voir, dit-il doucement.

Il l'amena vers le moufle.

Devant le four brûlant, Gaspard avait posé une large plaque de tôle, pour que Pauline pût s'approcher.

— Regarde, reprit Dolé, en lui désignant l'oculaire.

Alors, s'appuyant à lui, elle se pencha en avant et, — en terme du métier, — visa l'intérieur du moufle. Le vase était là, intact, brillant comme s'il eût été taillé dans un seul diamant, et la teinte rouge, éclatante, jaillissait, splendide entre les ors superbes.

Elle regarda longtemps ; puis, sans rien dire, se tournant, elle mit ses deux bras au cou de Dolé et l'embrassa. Elle pleurait des larmes de joie.

Elle était heureuse !

La porte de l'atelier s'entr'ouvrit et Loriot, paraissant, adressa à Dolé un signe d'appel.

Pauline ne le voyait pas.

Dolé, surpris, interrogea son ancien patron du regard. Celui-ci était pâle, il répéta plus énergiquement son appel.

— Maintenant, Gaspard veille au refroidissement, dit Dolé.

Et, se dégageant de l'étreinte de Pauline, il alla vers la porte.

— Où vas-tu donc ? demanda Pauline.

— Je reviens tout de suite.

Il sortit.

Quelques minutes se passèrent.

La porte s'ouvrit de nouveau. Loriot fit quelques pas dans l'atelier.

— Où donc est Dolé ? demanda Pauline.

Loriot hésita, puis :

— Ma chère enfant, dit-il d'une voix étranglée, je ne sais pas ce qu'il y a, mais il faut vous en aller... sans perdre une minute...

— M'en aller, moi ?... Je ne comprends pas...

— Moi, non plus. Mais il faut retourner à la maison.

— Dolé !

— Vous l'y retrouverez...

Et, après un temps d'arrêt, il ajouta :

— On est venu le chercher, et il est parti...

Pauline se redressa, secouée par une commotion nerveuse.

— C'est pour Jacquet... un malheur lui est arrivé ?...

— Je ne crois pas que ce soit cela... mais je ne sais rien. Allez ! Allez !...

Et, prenant le bras de Pauline, il l'attirait.

Elle ne résista pas. Elle avait peur.

Quand ils furent sur l'avenue, Loriot appela un cocher qui passait.

Pauline n'interrogeait plus. Elle n'aurait pu prononcer un seul mot.

— Dans un quart d'heure, je vous suis, dit Loriot.

La portière se referma.

La voiture partit.

VI

Voici ce qui s'était passé.

Tout à l'heure, une voiture contenant trois personnes s'était arrêtée au coin de la rue Vandrezanne.

Un des trois personnages était descendu, puis avait adressé aux deux autres quelques mots auxquels ceux-ci avaient répondu par une inclinaison de tête.

L'homme, qui était vêtu de noir, correctement, était allé droit vers la porte de la maison Loriot et, étant rentré, avait prié qu'on appelât immédiatement l'émailleur.

Loriot était arrivé. Le visiteur avait bonnes façons. Loriot le salua poliment.

— Monsieur, lui dit l'inconnu, vous avez occupé autrefois un ouvrier nommé Pierre Dolé...

Loriot, assez surpris, mais n'ayant aucun motif de défiance, répondit affirmativement.

— Je viens de chez lui, répondit son interlocuteur, et il m'a été dit qu'il se trouvait en ce moment chez vous...

— C'est exact, monsieur. Mais pourrais-je savoir à qui j'ai l'honneur de parler ?...

Le visiteur examinait Loriot avec soin.

Sans doute la loyauté de sa physionomie lui prouva qu'il était inutile d'user de subterfuges, et il reprit :

— Je suis le commissaire de police aux délégations judiciaires...

Loriot recula d'un pas en répétant :

— Commissaire de police...

— Et j'ai besoin de voir immédiatement Pierre Dolé...

— C'est facile, monsieur. Je n'ai qu'à l'appeler. Mais, dites-moi, que signifie cela ?... Je connais Dolé depuis plus de quinze ans, c'est un honnête homme.

— Je n'affirme pas le contraire, mais j'agis en vertu d'ordres supérieurs, et je ne puis m'expliquer davantage...

Les titres policiers inspirent aux meilleurs gens une répulsion mêlée de terreur.

Mais Loriot était avant tout respectueux de l'autorité, sous quelque forme qu'elle se manifestât.

— Alors, reprit-il, vous voulez voir Dolé... tout de suite...

— A l'instant... Mon devoir serait de vous accompagner, mais j'ai pleine confiance en vous, monsieur, qui êtes notable commerçant et décoré de la Légion d'honneur. Je vous prie donc d'aller le chercher vous-même...

— C'est qu'il travaille, balbutia Loriot, et un dérangement...

— Il y a urgence, fit plus sèchement le commissaire. Je tiens à éviter tout scandale : cependant, si vous me contraignez à agir par moi-même...

— Je vous demande pardon... j'y vais, fit Loriot.

Puis, encore une fois :

— Mais vous ne pouvez pas me dire de quoi on accuse mon pauvre Dolé ?

— Vous le saurez toujours assez tôt, fit le commissaire avec une nuance de compassion.

Loriot obéit, le cœur serré.

Il était pourtant bien sûr de Dolé ! Qu'est-ce que la police avait à voir dans ses affaires ?

Donc, il l'appela, comme on a vu.

— Qu'est-ce qu'il y a ? demanda Dolé, mécontent d'être dérangé.

— Il y a... il y a... Voyons ! en deux mots, est-ce que vous avez fait quelque bêtise ?...

« Nous n'avons pas le temps de causer... seulement je vous dis... il y a là un commissaire de police qui vous demande, qui n'a pas l'air commode.

Dolé se mit à rire :

— Qu'est-ce que vous voulez que ça me fasse ?

— Vous savez donc pourquoi ?

— Moi, pas du tout... pourvu que ça ne soit pas long, voilà tout ce que je demande.

Dolé était parfaitement calme. Il avait d'ailleurs bien autre chose en tête que cela. On voulait lui parler... Eh bien ! qu'on se dépêchât et que ça finît...

Donc, il était passé devant Loriot et marchait d'un bon pas à travers les corridors.

— Où est-il, le bonhomme ? demanda-t-il.

— Dans mon cabinet.

— Allons-y !

Et, carrément, Dolé entra, suivi de Loriot, qui commençait à se sentir tout rassuré.

Le commissaire, auquel des favoris gris, coupés ras, donnaient un faux air de procureur, enveloppa Dolé d'un regard rapide.

— C'est monsieur qui me demande ? fit Dolé.

— Oui, c'est moi, dit le commissaire. Vous vous appelez bien Pierre Dolé ?...

— Pierre Dolé, c'est bien ça...

— Vous avez connu un individu nommé Georges Rives ?...

— Georges ? Ah ! sapristi, oui ! et pour mon malheur ! s'écria Dolé. Bon, je devine, il a fait quelque nouvelle gueuserie... mais je n'en suis pas responsable... Qu'il se fasse pendre où il voudra !

— Georges Rives est mort, dit froidement le magistrat.

— Ah bah !... Eh bien ! ça fait un rude gredin de moins... Vous voulez sans doute des renseignements sur lui... je vais vous en donner et de la bonne encre.

— Pardon ! interrompit le commissaire. Vous ignorez sa mort ?

— Oh ! absolument !... Sans ça je serais peut-être allé à son enterrement, pour être sûr qu'il n'en reviendrait pas !

— Vous le haïssiez beaucoup !

— Tiens ! un voleur qui m'a coûté cinq ans de travail... Mais vous seriez bien aimable de m'interroger vite, parce que le moufle chauffe là-bas, et...

— Je regrette, monsieur, de ne pouvoir vous rendre votre liberté...

— Hein ?

— Et je vous prie de me suivre.

— Où ça ?

Ici le magistrat, commençant à trouver que le sans-façon de Dolé passait les bornes permises, eut une petite toux sèche et ajouta :

— Chez vous, d'abord, puis nous déciderons du reste.

— Mais... ça peut se remettre... je vous demande deux heures, pas plus.

— Impossible. D'ailleurs, — reprit le commissaire, — inutile de vous abuser plus longtemps, je suis porteur d'un mandat

d'amener et je vous invite à obéir sans résistance.

A ces paroles, Dolé regarda Loriot. Celui-ci se taisait, étourdi.

— Nous nous rendrons d'abord chez vous, continua le magistrat. J'ai là une voiture qui nous attend...

Dolé poussa un cri de terreur :

— Alors c'est bien vrai ?... Vous m'arrêtez ?...

Le commissaire inclina la tête, puis, allant à la porte extérieure, l'ouvrit.

C'était sans doute un signal convenu. Les deux hommes qui l'avaient accompagné s'avancèrent rapidement.

— Qu'est-ce que ça peut vouloir dire ? murmura Dolé en passant devant Loriot.

Puis il ajouta :

— Envoyez-moi vite Pauline.

— Allons, dépêchons, fit durement le commissaire.

Dolé, qui commençait à se démonter, se hâta d'aller vers la voiture. Les deux hommes le poussèrent, il monta. Le commissaire de police le suivit, puis jeta l'ordre au cocher, qui fit claquer son fouet.

Dolé resta un instant immobile, comme s'il avait reçu un coup sur la tête.

Ce fut par la sensation physique qu'il s'éveilla. Tout à l'heure il était enveloppé de l'âpre chaleur du four. Maintenant, l'air, — glissant sous les cadres de bois que maintenaient les glaces, — strictement fermées, — de la voiture, lui causait d'abord une surprise inexpliquée.

Il avait eu trop chaud. Il avait froid.

Ceci fut pour lui une étrangeté qu'il s'efforça d'expliquer. Pour cela, il regarda autour de lui. Il vit, sur le drap bleuâtre de la voiture, deux têtes qui y semblaient clouées.

Il voulut s'expliquer ce qu'elles étaient et la mémoire lui revint.

Ces gens étaient de la police ! Et, à côté de lui, se tenait, sec, immuable, impassible et, par cela même imposant, le commissaire.

Un flot d'idées monta au cerveau de Dolé.

Il revit le moufle, Gaspard, Pauline, puis Loriot, puis le cabinet, puis il réentendit un nom :

— Rives, s'écria-t-il. C'est à cause de Rives que vous m'arrêtez ?

Le commissaire, pour garder son calme, pensait à tout autre chose. Il fut surpris et tressaillit.

Mais Dolé ne s'arrêtait pas.

— Vous m'avez bien parlé de Georges Rives ? répéta-t-il ?

— En effet, fit le commissaire, que Dolé interrompit encore en s'écriant :

— Et ce serait à cause de ce gredin-là, qu'il m'arriverait des ennuis ! Parbleu ! ça serait trop fort !

Et encouragé par un silence qui n'était pourtant rien moins que bienveillant :

— Il est mort, m'avez-vous dit ? Eh bien, tant mieux ! mille fois tant mieux !

Dolé, criant cela, jugea utile de s'expliquer.

— Vous comprendrez cela, monsieur : moi, je suis un ouvrier. Mais j'ai de la probité et je parle raison ! Voilà un gars qui était reçu chez moi comme un ami. Je n'avais pas de secrets pour lui. Et ma femme l'accueillait comme s'il avait été de la famille. Il a profité de cela pour me voler une découverte qu'il a vendue à mes concurrents, le traître !...

Le commissaire, les lèvres serrées, ne bougeait pas plus que si Dolé avait crié dans le désert.

Un des deux agents, — celui qui faisait face à l'ouvrier, — éprouva une involontaire pitié pour cet accusé qui « parlait trop » et lui poussa le genou en signe d'avertissement.

Mais Dolé sentait un besoin inexpliqué de plaider, de bavarder, d'accuser.

Le fiacre s'arrêta devant la petite maison.

Dolé mit la main sur la poignée de cuivre, mais un des agents lui saisit le bras. La police est défiante par principe. Le geste très naturel de Dolé eut pour effet d'exciter chez le commissaire une irritation nouvelle.

Il adressa quelques paroles brèves à l'agent. C'était l'ordre de veiller attentivement sur Dolé.

— Il m'a tout l'air de faire là la bête, maugréa le policier.

Cependant sans répondre, le commissaire avait ouvert la porte de la rue, tandis que Dolé, sur l'invitation du magistrat, descendait à son tour, suivi de près par le second agent. On le fit entrer rapidement. La porte se referma sur lui.

— Tiron, dit le commissaire, gardez cette porte. Laissez entrer, mais ne laissez sortir personne. Vous, Brelay, suivez-moi avec le prévenu.

Le prévenu ! c'était la première fois que Dolé entendait ce mot. Il y eut en lui une révolte presque brutale.

— Prévenu... et de quoi donc ? fit-il.

Cependant san répondre, le commissaire avait ouvert la porte du magasin et se trouvait devant madame mère qui, n'ayant pas encore vu Dolé, croyait avoir affaire à quelque client.

— Quelle est cette dame ? demanda le magistrat.

Dolé, que ces formules impératives irritaient sourdement, répondit brusquement :

— Mme Dolé, ma mère.

— Bien !... Madame, veuillez vous tenir ici, avec cet enfant...

— Papa ? cria Jacquet en courant à son père.

— Tout à l'heure, mon petit ami, fit le commissaire de sa voix monotone.

Puis se tournant vers Dolé :

— Où est votre logement ?

— Au premier...

— Par cet escalier ?

— Oui.

— C'est bien, montons.

— Mais que signifie tout cela ? s'écria madame mère.

Elle vit alors l'agent qui se tenait auprès de son fils.

— Monsieur est venu tout à l'heure le demander...

Elle n'avait pas achevé sa phrase que le commissaire était déjà au premier, écartait la bonne en lui enjoignant de descendre au magasin, puis, ouvrant la chambre des époux, regardant promptement les quatre murs, marchait vers la glace, mettait la main sur un petit révolver pendu ostensiblement au mur, et, se tournant vers Dolé :

— Cette arme vous appartient ? lui demandait-il.

— Naturellement, répondit Dolé. Tout ce qui est ici m'appartient.

— Vous devez avoir la paire de ces révolvers. Où est l'autre ?

Dolé fut interdit. En réalité, il ne se souvenait pas.

— L'autre ? fit-il. Je n'en sais rien.

— Il y a donc bien longtemps qu'il n'est plus ici...

— Oh ! très longtemps !

Dolé cherchait dans sa mémoire, de très bonne foi.

— C'est un camarade qui m'a fait ce cadeau-là, il y a plus de vingt ans.

Le commissaire examinait l'arme et s'assurait qu'elle n'était pas chargée.

— Ainsi vos souvenirs vous font défaut ?

— Ma foi ! avec la meilleure volonté du monde...

— Et vous affirmez qu'il y a très longtemps que le second révolver, pareil à celui-ci, est sorti de vos mains...

— Certainement... Ah ! attendez donc !... Oui, c'est bien cela, je l'ai donné, il y a plus de cinq ans.

— A qui donc ?

— A celui-là même dont je parlais tout à l'heure... à ce Georges Rives.

— C'est ingénieux, ricana le magistrat.

Et, tirant de sa poche le révolver pareil à celui qu'il venait de trouver :

— Vous le reconnaissez ? interrogea-t-il.

— Parfaitement. Du reste, il est facile de voir que c'est la paire... l'ami qui me les avait donnés y avait fait graver mes initiales.

— Cela suffit ! interrompit le commissaire. Passons à autre chose.

Il ouvrit la porte du cabinet de toilette, vit les vêtements de Dolé et ordonna qu'on les apportât dans la chambre. Un à un, il les examina :

— Rien ! murmura-t-il. Est-ce que vous portez aujourd'hui vos vêtements habituels ?

— Il y a au moins deux mois qu'ils me servent tous les jours...

— Ouvrez ce meuble.

Il désignait un bureau de dame.

— C'est le bureau de ma femme...

— Peu importe ! Avez-vous la clef ?

— Elle est ici, à ce clou.

En effet, Dolé, — qui n'avait rien à cacher, n'ayant jamais rien gardé de compromettant, — ne prenait aucune précaution.

Le tiroir fut rapidement examiné. On n'y trouva rien de suspect.

— Où mettez-vous votre correspondance? Avez-vous un portefeuille? Remettez-le-moi...

Les questions se pressaient avec une telle rapidité que Dolé perdait littéralement la tête.

— Voilà mon portefeuille, fit-il en présentant au commissaire un carnet de cuir. Quant à mes lettres, je n'en reçois jamais. C'est ma femme qui se charge de toute la correspondance.

— Cependant en voici une que vous avez reçue? déclara le commissaire qui avait déplié un papier trouvé dans la pochette de maroquin.

— Celle-là!... Ah! oui, c'est vrai...

— Elle est bien de ce Georges?... il vous demande d'oublier ses torts... de le reprendre chez vous. Avez-vous répondu?

— Oui, deux mots.

— Vous en rappelez-vous la teneur.

— Non... mais ça ne devait pas être tendre...

— En effet...

Le commissaire présenta à Dolé un billet qu'il venait de prendre dans sa propre poche :

— C'est bien celle-ci?...

Dolé regarda les lignes. Ces mots : *Je vous tue comme un chien!* lui sautèrent aux yeux, et, tout à coup, la lumière jaillit jusqu'à son cerveau.

— Comment! cria-t-il. Est-ce qu'on m'accuse de l'avoir tué?

— Vous savez donc qu'il était mort? riposta le commissaire.

— Moi! balbutia Dolé, qui se débattait comme un noyé. Mais... vous venez de me le dire... tout à l'heure...

— Vous avez réponse à tout, je vois. Vous vous expliquerez avec le juge d'instruction.

— Avec le juge?...

— Veuillez me suivre. Pour le moment, je n'ai plus rien à faire ici...

— Vous suivre? où cela? vous m'arrêtez, moi? Ça n'est pas possible!

Et, hagard, Dolé s'appuyait contre la muraille comme s'il eût espéré qu'elle lui livrerait passage.

L'agent lui posa la main sur le bras.

— Allons! marchez! et pas de résistance.

— Mais je n'ai rien fait... Je ne sais pas ce que cela veut dire?... Je suis innocent!...

— Je n'en doute pas, mais mes ordres sont formels, et je regrette d'être contraint de les exécuter. Je vous invite donc, dans votre intérêt, à obéir à la justice...

— La justice! cria une voix.

Et Pauline, haletante, pâle comme une morte, parut dans l'encadrement de la porte.

— On m'arrête... *Comprends-tu cela, Paulette?*

Elle se jeta dans ses bras. Puis, tournant la tête vers le commissaire, les yeux ardents, les lèvres blêmes :

— Monsieur, dit-elle, mon mari est le plus honnête homme de la terre... Il y a erreur... vous ne pouvez pas l'arrêter!

Le magistrat ne put réprimer un léger haussement d'épaules. Dans ces pénibles expéditions, rien n'est plus regrettable que ces interventions dramatiques.

— Mais de quoi t'accuse-t-on, Pierre?... Je sais que tu n'es pas un coupable, moi...

— Madame, dit froidement le commissaire, je ne doute pas de votre sincérité. Mais, dans l'intérêt même de votre mari, je vous prie d'abréger cette scène. D'ailleurs il lui suffira sans doute de fournir à la justice quelques explications après lesquelles il pourra être rendu à la liberté.

Tout en parlant, le magistrat avait pris la main de Pauline et l'avait doucement écartée de Pierre.

L'agent, habitué à ce mode de stratégie, profita de ce moment pour pousser Dolé vers l'escalier.

En un clin d'œil, il se trouva dans le magasin.

De fait, il était comme hébété et se laissait conduire comme un enfant.

Sa mère, stupéfaite, ne se permettait pas d'intervenir. Debout, elle tenait serré contre elle Jacquet, troublé d'une vague épouvante.

La porte se referma sur Dolé...

Pauline discutait avec le commissaire qui descendait plus lentement.

— Mais enfin, monsieur, vous ne pouvez pas me refuser de m'apprendre pourquoi vous arrêtez mon mari?... De quel crime est-il accusé?... C'est un homme établi, honorablement connu dans le quartier. Tout le monde répondra de lui.

Elle parlait en phrases si hachées, — et en même temps si pressées, — qu'elle ne laissait à son interlocuteur aucun loisir.

Mais quand elle le vit prête à disparaître :

— Encore une fois, de quoi l'accuse-t-on?

— Madame, repartit cette fois le magistrat, j'ai le regret de vous dire qu'il existe contre votre mari de graves présomptions... Il est accusé d'avoir tué un de ses anciens ouvriers, nommé Georges Rives.

Un râle sourd s'échappa de la gorge de Pauline. Elle resta un instant — droite, raidie, puis, — comme si elle eût été foudroyée, — elle tomba en avant, tout entière, d'une chute rude et brutale.

Le commissaire était déjà sorti et on entendait au dehors le roulement de la voiture, qui s'éloignait rapidement.

VII

La mort de Georges Rives n'avait été connue qu'après un délai de vingt-quatre heures. Encore cette découverte n'avait-elle été due qu'au hasard.

Le vendredi, vers trois heures de l'après-midi, un personnage, à la marche dandinante, vêtu d'un *complet* défraîchi, entra dé-

librement dans la maison de la rue des
Cinq-Diamants, maugréa en cherchant du
pied les premières marches de l'escalier,
puis, sifflotant, se hissa jusqu'à l'étage supérieur et finalement appliqua de vigoureux
coups de poing dans la porte de Georges,
en l'appelant à haute voix par un sobriquet
familier.

Naturellement aucune voix ne répondit à
la sienne. L'homme, surpris, s'arrêta et
frappa plus violemment. Même silence.

Des jurons éclatèrent entre les dents du
personnage qui, après avoir descendu un
étage, être remonté, avoir frappé et appelé
de plus belle, se décida à regagner la rue.

Mais il paraît qu'il ne lui plaisait point
de s'en aller bredouille, car il s'arrêta sur
le seuil extérieur, regardant autour de lui
et cherchant auprès de qui il lui serait possible de se renseigner.

Il aperçut alors l'écriteau inamovible et
mal orthographié qui invitait les visiteurs à
s'adresser « ô 25 » et se décida à se mettre
en quête du ferrailleur.

Il eut quelque peine à le trouver, dans
le pêle-mêle d'un immense magasin encom-
bré de débris de toutes sortes ; mais y étant
enfin parvenu, il lui demanda assez durement s'il avait quelques nouvelles de son locataire.

Georges Rives lui avait donné rendez-vous ;
ils devaient se rencontrer la veille au soir,
dans un endroit convenu. Georges n'avait
pas paru. Était-il parti en voyage ! N'avait-
il laissé aucun avis ?

Toutes questions auxquelles le ferrailleur
eût été fort embarrassé de répondre.

Cependant, le camarade de Rives semblait
fort inquiet.

— Ils avaient ensemble des affaires très
importantes, disait-il. Georges n'était pas
homme à le lâcher comme cela.

Pour se débarrasser de l'importun, le
ferrailleur se décida à revenir à la maison pour chercher si « d'aventure Georges
n'avait pas glissé sous sa porte un bout
de billet ».

Il n'y avait rien.

Les deux hommes remontèrent, le ferrailleur insinuant que peut-être son locataire
dormait et n'avait pas entendu.

Mais, après avoir ébranlé la porte à la
briser, il fut bien obligé de reconnaître que
Georges était « ou sorti ou mort ». Par
acquit de conscience, et aussi pour obéir à
une habitude invétérée de curiosité, il appliqua son œil à la serrure.

Or, si le corps de Rives, courbé sur la
table devant la fenêtre était en dehors de
son rayon visuel, il n'en était pas de même
d'un objet singulier que le ferrailleur re-
connut aussitôt pour un revolver, gisant sur
le plancher, à un mètre de la porte.

Il avait dit sans y songer « ou sorti ou
mort ».

La seconde hypothèse s'affirmait tout à
coup.

Le ferrailleur, qui, de longue date, s'était
assuré le moyen de crocheter légalement,

— grâce à un passe-partout, — la porte de
ses locataires, tira l'instrument de sa poche
et introduisit l'extrémité recourbée dans la
serrure.

Tout à coup il s'arrêta.

— Diable ! fit-il, en se penchant en arrière.
C'est que, s'il est arrivé un malheur je ne veux
pas me compromettre.

— Ouvrez donc, cria l'autre avec un blas-
phème, on peut peut-être le secourir.

Déjà ils ne doutaient plus d'une catastrophe, et ce fut en quelque sorte avec la satisfaction que donne la réalisation d'une
prédiction, que le ferrailleur s'écria :

— Je le disais bien !... Regardez !

La scène était tragique dans son réa-
lisme froid. A travers les carreaux mal-
propres, une lumière qu'on eût dit tamisée
par de la fumée tombait sur le cadavre,
écroulé sur la table.

De la porte, on ne voyait que la ligne
des épaules, droite et noire.

La tête était plaquée sur la table, une
seule moitié du visage étant visible, avec
la bouche tordue qui formait un trou noirâ-
tre, avec l'œil encore ouvert, mais vitreux
et noyé.

Des deux bras, l'un était allongé vers la
fenêtre, l'autre plié au coude s'était tordu
entre le corps et la table. Sur le haut du
crâne, justement à cette dépression qui est
le plus souvent le centre de la première
calvitie, il y avait une plaque de sang ;
sous le caillot, un filet s'étant épandu goutte
à goutte, longuement et lentement, formait
dans les cheveux des stalactites grasses et
rouges.

L'ami s'était élancé vers l'immobile et lui
avait posé les deux mains aux épaules.

Mais, en même temps qu'il voyait le sang,
il sentait aussi sous ses doigts l'effrayante
rigidité de la chair.

— Mort ! cria-t-il. Le malheureux s'est tué.

— Pour ça ! fit le logeur, je n'en sais rien.
Ça n'est pas mon idée. Comment le pistolet
se trouverait-il si loin derrière lui ! c'est
l'affaire de la police. Allons, venez, monsieur. Il ne faut pas nous mettre en contra-
vention.

Il poussait doucement vers le palier son
compagnon, qui obéissait machinalement.

L'ami de Georges, — qui s'appelait Victor
Pelvin, — était un rôdeur de cabaret, com-
plice des débauches et des fainéantises de
l'ancien émailleur.

Il était resté en dehors, appuyé contre la
porte que le logeur avait refermée à clef
derrière lui.

Il n'osait pas remuer, cloué à un pan-
neau de bois derrière lequel il y avait un
cadavre.

— Si vous surveilliez mieux votre maison,
pareille catastrophe n'arriverait pas !

Ces mots étaient prononcés par le commissaire du quartier, qui arrivait accompagné
de son secrétaire, d'un médecin, d'un inspecteur, de toute la cohorte administrative
qui est le cortège obligé des misères parisiennes.

L'enquête fut minutieuse.

Tout d'abord l'idée de suicide se trouva écartée.

La position du revolver, trouvé loin du cadavre, et dans une direction où le moribond n'aurait pu ni le poser ni le laisser tomber, constituait une première preuve de meurtre que venait corroborer la direction de la blessure. Le médecin, à grand renfort de mots scientifiques, expliquait le cas et démontrait sur lui-même, *in anima vili*, l'impossibilité de se loger soi-même une balle dans l'arrière-partie du crâne.

Donc, il y avait un assassin. Restait à le découvrir.

Victor Pelvin, assez dédaigneusement interrogé, ne pouvait d'ailleurs fournir aucun renseignement.

Mais l'enquête allait promptement s'établir sur une base sérieuse. Quand le médecin eut fini de palper le mort et eut déclaré que le meurtre remontait à vingt-quatre heures environ, le commissaire, ayant vidé les poches, y trouva deux papiers ; l'un était le billet de mille francs ; l'autre la lettre de Dolé que Georges avait lue à sa femme. La signature s'y étalait en toutes lettres.

Le billet de banque causa aux spectateurs de cette scène des sensations multiples et diverses.

Le magistrat était surpris, Victor irrité d'être arrivé trop tard, le logeur ébloui.

— Il me doit une quinzaine, hasarda le ferrailleur, qui mentait.

— On verra cela ! fit le commissaire.

Le logeur, encouragé à faire du zèle, ayant entendu ce nom de Pierre Dolé, fit remarquer que les initiales gravées sur le revolver s'y rapportaient.

Qu'était-ce que ce Pierre Dolé ? Personne ne répondait ou ne pouvait répondre. Mais l'inspecteur venait de ramasser une enveloppe qui avait glissé de la table à terre.

— Voyez, monsieur le commissaire, voici le même nom avec l'adresse.

C'était la souscription que Georges achevait d'écrire au moment où il avait été frappé.

Victor entr'ouvrit la bouche. Mais quelles que fussent les paroles qui lui venaient aux lèvres, il ne les prononça point.

Le commissaire avait secoué la tête d'un air entendu, puis s'était concerté à voix basse avec son secrétaire. Il importait d'avertir sans retard la Préfecture et le Parquet.

Aussi ordre fut donné d'évacuer la chambre, qui fut refermée et sur la porte de laquelle des scellés furent apposés.

Dans la soirée une descente de justice eut lieu. Le lendemain, à la première heure, un fourgon emporta le cadavre à la Morgue.

Et cependant quand Pauline, au bras de son mari, était passée devant la rue des Cinq-Diamants, tout semblait calme et elle s'était sentie rassurée.

A la Préfecture et au Parquet, on paperassait.

VIII

— Maman ! maman ! avait crié Jacquet en voyant sa mère tomber de toute sa hauteur sur le parquet.

La bonne accourut et s'efforça de la relever.

— Mais aidez-moi donc ! dit-elle durement à madame mère.

Mme veuve Dolé perdait la tête en face d'une catastrophe. Elle était de ces femmes qui, par excès de sensibilité, fuient la chambre où râle un moribond. Elle se lamentait et se tordait les mains, répétant :

— Qu'est-ce que je vais devenir !

Elle voulut cependant obéir. Mais ses mains tremblaient et n'étaient d'aucun secours. La servante n'était pas forte ; elle avait à demi redressé la pauvre femme, dont le buste courbé pliait sur son bras.

A ce moment, Loriot et Gaspard arrivèrent.

— Monsieur Gaspard ! fit la bonne, Madame se trouve mal.

Il entendit, poussa une sorte de rugissement sourd, et, soulevant Pauline sur ses bras robustes, il la tint suspendue en l'air, étendue comme un enfant bercé.

— Montez-la sur son lit, dit Loriot, qui avait deviné ce qui venait de se passer. Et vous, ajouta-t-il en s'adressant à la bonne, faites-lui respirer du vinaigre, mettez-lui de l'eau froide aux tempes...

Gaspard avait déjà gravi l'escalier, emportant son précieux fardeau.

Le brave homme était terrifié. Dans le court trajet de la rue Vandrezanne à la maison Dolé, Loriot ne lui avait dit que ces mots :

— J'ai peur que Dolé ne se soit mis dans de mauvais draps !

Encore haletant de la chaleur du moufle, Gaspard, qui avait la conception lente, avait mal entendu.

Cependant l'idée d'un malheur possible, imminent, s'était fichée comme un clou dans son cerveau épais. Loriot marchait vite, Gaspard traînait la jambe, s'efforçant de le suivre.

Dolé était en danger ; c'était tout ce qu'il comprenait, et, sentant entre ses bras Pauline inanimée, il était envahi par une terreur folle.

Il croyait que cet ennemi était la mort, et il devinait que contre elle la force ne peut rien.

Il s'était écarté, après avoir posé la jeune femme sur un lit, et, s'éloignant, il regardait la bonne qui exécutait les ordres de M. Loriot.

Celui-ci, plus maître de lui, car ceux qui ont travaillé toute leur vie sont toujours prêts à la lutte, interrogeait la veuve Dolé.

Madame mère ne répondit d'abord que par mots entrecoupés. Elle ne savait rien. C'était un horrible malheur.

— Voyons, madame, fit l'émailleur, ce

n'est pas le moment de perdre la tête. Remettez-vous et tâchez de m'expliquer ce qui s'est passé ici.

— On a emmené papa ! cria Jacquet.

— Mais, n'avez-vous rien entendu ! insista Loriot, s'adressant encore à la veuve. Ne savez-vous pas au juste de quoi on l'accuse ?...

— Est-ce que ces gens-là m'ont dit quelque chose ? répondit-elle enfin. Ils ne m'ont seulement pas saluée...

Loriot vit que de ce côté il n'avait aucune explication à attendre.

— Gaspard, demanda Loriot en s'approchant de l'escalier, est-ce que Mme Dolé va mieux ?

— Pas encore.

— La bonne est là ?...

— Oui.

— Eh bien ! redescendez...

Gaspard parut.

— Écoutez-moi, dit Loriot, et tâchez de bien me comprendre. Y a-t-il longtemps que l'on n'a vu ici ce gredin de Georges Rives ?

— Il n'est jamais revenu, répondit Gaspard.

— Avez-vous entendu parler de lui dans ces derniers temps ? S'est-il passé quelque fait qui vous ait donné à penser que Dolé était en nouvelle querelle avec lui ?

Gaspard cherchait de bonne foi.

— Non, rien du tout !

— Il ne faut rien me cacher...

— Mon fils se respecte trop pour avoir des relations avec un pareil homme, insinua la veuve, qui commençait à reprendre son sang-froid.

— Je ne dis pas le contraire, fit Loriot avec impatience. Pourtant ils peuvent s'être rencontrés... puis Georges peut avoir cherché querelle à Dolé...

— Mais nous pourrions le demander à M. Dolé, dit Gaspard. Où est-il ?

— Dolé est arrêté, déclara Loriot.

— Arrêté ?...

— Oui, j'ai idée qu'il a assommé Georges Rives...

Gaspard se frappa la tête d'un formidable coup de poing.

— Ça devait finir comme ça ! exclama-t-il. Mais on ne peut lui en faire un reproche... c'était un voleur.

L'impatience donnait la fièvre à Loriot.

Entre ces trois personnages, dont aucun ne pouvait le renseigner, il sentait qu'il se trouvait sans appui.

Pauline seule devait être instruite des détails.

Cependant, n'était-il pas bien étonnant que Dolé se fût mis aujourd'hui même à l'ouvrage avec autant de calme ?

Même alors qu'on croit avoir accompli un acte de justice, la violence laisse une trace sur le visage, dans le regard. Loriot croyait trop bien connaître son ouvrier, qui n'avait jamais rien su dissimuler, pour admettre qu'il eût commandé si bien à ses allures et à sa voix.

Donc ce pouvait être tout autre chose.

Il importait surtout de ne pas perdre de temps, de se livrer à des démarches rapides, de faire agir des influences.

Loriot, notable commerçant, décoré, n'était pas le premier venu ; on l'écouterait, on tiendrait compte de ses recommandations.

Si Dolé pouvait être excusé, les excellents renseignements donnés sur lui pourraient peut-être provoquer un acquittement, qui sait ? une ordonnance de non-lieu.

Loriot, qui avait réfléchi pendant quelques instants, monta à la chambre de Pauline. Car peut-être était-elle en péril, et aucun de ces « ahuris » ne pensait même à envoyer chercher un médecin.

Pauline revenait à elle ; elle avait écarté de la main la servante, qui persistait à l'inonder de vinaigre. Seulement elle avait encore les yeux fermés, se cramponnant en quelque sorte à cet engourdissement qui lui donnait l'illusion du demi-sommeil suivant le rêve.

— Pauline ! appela Loriot.

Elle entendit cette voix qu'elle connaissait si bien et éprouva un sursaut violent. Elle ne dormait pas, elle n'avait pas rêvé. La perception nette lui revenait.

Elle n'ouvrit pas les yeux, voulant rester un instant seule avec elle-même.

Les faits se posaient dans son cerveau dans leur sécheresse brutale.

Dolé était arrêté, — on l'accusait du meurtre de Georges Rives, qu'elle avait tué. Si elle se dénonçait, elle avouait l'adultère. Si elle se taisait, elle envoyait Dolé en cour d'assises... et ensuite...

— Pauline ! répéta Loriot.

— Il y a l'enfant, songeait Pauline. Ne pensons pas à moi ; qu'il me tue, je ne me plaindrai pas. Mais il haïra l'enfant, parce qu'il doutera de sa paternité... Ai-je le droit de me dénoncer ?

— Ne m'entendez-vous pas ? Revenez à vous, nous avons à causer...

— Que je parle ou que je me taise, la vie de Dolé est perdue... Voilà quel sera vraiment mon crime... Voilà ce que j'ai fait !... Quand même je me suiciderais, à quoi cela servirait-il ? Dolé n'en serait pas moins malheureux, puisque tout s'écroulerait autour de lui... puisqu'il perdrait d'un seul coup ce qui était sa foi, son espérance, son avenir... sa famille... Le mépris qu'il laisserait tomber sur mon cercueil rejaillirait sur son cœur et l'étoufferait... Et l'enfant ! et Jacquet !

Loriot lui prit la main :

— Pauline, je t'en prie !

Il ne l'avait pas souvent tutoyée depuis son mariage. Cette familiarité lui sembla douce comme une caresse de père.

Elle se leva lentement ; sa poitrine brûlait et la faisait horriblement souffrir. Elle vit la bonne figure de Loriot, toute bouleversée, mais amicale et inquiète.

— Il faut prendre courage, dit l'émailleur. Ce qui est arrivé est un malheur. Mais je suis là et je ne vous abandonnerai pas. Seulement, ajouta-t-il, il ne faut pas se laisser aller comme cela et m'aider un peu...

— Ainsi, Dolé est parti? demanda Pauline, qui eût voulu pouvoir douter encore.

— Tu le sais bien, sans doute. Voyons, parle vite... Car je n'ai pas pu arracher un mot à la belle-mère... Le commissaire t'a-t-il dit quelque chose?

Pauline était debout maintenant. Elle répondit d'une voix à peine perceptible, tant les mots prononcés l'épouvantaient :

— Dolé est accusé d'avoir tué...

Elle s'interrompit.

— Ce misérable Georges Rives?

Elle inclina la tête, ne pouvant parler.

— Eh bien ! là, bien franchement, regarde-moi en face... Crois-tu que ce soit vrai?

L'engrenage la prenait. Dès le premier moment, la question se posait implacable.

Elle répondit fermement :

— Non, ce n'est pas vrai !

Loriot se gratta la tête.

— Tu m'étonnes... Vois-tu, à moi tu peux bien tout dire. Il est impossible que toi, femme et habituée à lire sur le visage de ton mari, tu n'aies pas deviné quelque chose...

— Non... ce n'est pas vrai... répéta Pauline.

— Du moins tu ne sais rien... ça n'est pas la même chose. Entre nous, il le détestait furieusement. Ce voleur peut l'avoir insulté... Dame ! Dolé est bon, mais il a la tête près du bonnet et... un mauvais coup est bientôt donné.

Pauline étouffait. Son aveu lui montait aux lèvres. Elle se sentait prête à crier :

— Mais il ne l'a pas tué... puisque c'est moi !...

Pourtant, elle se contenait.

Elle prit son chapeau qu'elle avait jeté sur une chaise et se coiffant en un tour de main :

— Sortons, dit-elle.

Loriot eut un geste de surprise. Du reste, il attribuait ces singularités à l'exaltation de la surprise et du chagrin.

— Sortons, soit. Tu as besoin d'air.

Elle voulait s'évader de cette chambre qui lui semblait un confessionnal. Parlerait-elle? Se sauverait-elle? Elle n'était pas encore décidée. Quelques minutes de plus ou du moins, ce n'était rien. Et cependant ces quelques minutes pouvaient décider du sort de tous, du sien, de celui de l'enfant, de celui de Dolé. Quand elle aurait parlé, ce serait irrémissible. Ce n'était pas par faiblesse qu'elle temporisait. Car, à mesure qu'elle redevenait maîtresse d'elle-même, elle proférait, par toutes ses énergies, le serment de sauver Dolé, à quelque prix que ce fût.

Prête à sortir, elle descendit au magasin. Jacquet courut à elle. Elle le prit dans ses bras et l'embrassa longuement, sainte-ment, comme si ce front eût été un autel sur lequel elle répétait son serment.

Gaspard se taisait, attendant qu'on lui donnât un ordre.

Madame mère, hébétée, s'appuyait à la vi-trine.

— Gaspard, dit Pauline, vous fermerez la maison. Je vous prie de rester ici, cette nuit, vous prendrez Jacquet avec vous. Vous voulez bien?

— Tout ce qu'il faudra, commença Gaspard.

Madame mère s'était redressée. Le naturel reprenait son empire. On ne lui parlait pas. On avait l'air de la traiter comme un zéro.

— Je m'en vais, dit-elle. Si vous avez besoin de moi, vous m'enverrez chercher.

Pauline la considéra un instant avec une sorte de compassion.

— Ecoutez, madame Dolé, fit-elle doucement : une catastrophe s'est abattue sur la maison. Il faut sauver votre fils, mon mari. Ce n'est pas le moment de faire de la susceptibilité. Si vous voulez rester aussi, me ferez plaisir. Si vous voulez partir, vous êtes libre. Je vous tiendrai au courant de ce qui arrivera.

C'était une révolte qui avait sa raison d'être dans un souvenir brusquement évoqué. Ce visage froid, ayant toujours caché dans quelqu'un de ses plis une ironie dédaigneuse, une vanité agressive, lui avait tout à coup rappelé ces premières années de son mariage, assombries de contrainte, ténébreuses d'ennui, qui l'avaient rendue folle, qui étaient cause de sa faute d'autrefois, de son ennui d'hier, de la catastrophe de demain. Et, surexcitée, elle s'était vengée d'un seul coup.

Madame mère avait tressailli. Elle prit ses gants et, d'un ton plein de dignité :

— C'est bien, dit-elle, j'ai compris.

Et comme Pauline, sans lui répondre, entraînait Loriot au dehors, elle murmura :

— Impertinente !

Pour un peu, elle eût jugé que c'était là l'incident capital de la journée.

Pauline avait pris le bras de Loriot : elle marcha pendant quelques minutes sans prononcer un seul mot. Loriot avait l'esprit pratique, et, quoi qu'il excusât un trouble bien naturel, cependant il revenait toujours à son idée capitale : ne pas perdre de temps.

— Où allons-nous? demanda-t-il enfin.

Pauline répondit :

— Dolé n'a pas tué... cet homme.

— Comment en es-tu sûre?

— Je vous dis qu'il ne l'a pas tué... je le sais, je le devine, si vous voulez.

— Alors il est sauvé...

— C'est selon. Vous savez très bien que parfois les circonstances se réunissent pour accabler les innocents.

— Oh ! l'affaire Lesurques !... je n'y crois guère, fit Loriot riant malgré lui, tant il se sentait gagné par la confiance dont témoignait l'accent de Pauline. Si Dolé est innocent, on le saura bien vite.

— En tout cas, nous pouvons le savoir nous-mêmes.

— Comment cela?

Pauline voulut parler. Mais d'abord sa gorge ne laissa échapper qu'un son rauque.

Elle toussa pour dégager sa voix de la contraction qui la prenait à la gorge.

— Comment? reprit-elle. C'est bien simple... allons à la maison où demeurait ce... M. Georges...

— Mais je ne la connais pas.

— Je la connais, moi !

— Toi... comment cela se fait-il ?

— Ah ! est-ce que vous allez me faire subir un interrogatoire ?... Je le sais, voilà tout.

Loriot, qui était grand, ne pouvait voir le visage de Pauline, suspendue à son bras. Ces affirmations l'étourdissaient. Pauline ne lui laissait pas le temps de raisonner.

— Il faut savoir d'abord quel jour et à quelle heure le crime a été commis...

— Soit...

— Et quand nous saurons cela, il nous sera facile de prouver où était Dolé à cette même heure...

— Tiens ! c'est vrai, exclama Loriot.

Il commençait à se sentir pris d'admiration pour cette petite femme si énergique et qui retrouvait si promptement toute la logique et la netteté de son esprit.

La rue des Cinq-Diamants n'était pas éloignée, se trouvant à mi-chemin de la maison Dolé à la rue Vandrezanne. Ils allaient atteindre l'angle des premières bâtisses, quand Pauline s'arrêta :

— Monsieur Loriot, jeudi mon mari a passé la journée chez vous ?...

— Oui... Il est arrivé dès le matin. Nous avons fait plusieurs essais au sabot.

— A quelle heure Dolé est-il parti de votre maison ?

— Attends, petite... que je me rappelle. Oui, j'ai un point de repère... Il était quatre heures et demie à peu près...

Après un instant de silence, Pauline reprit :

— Il devait être plus tard que cela !

— Pourquoi ?

— Parce que Dolé n'est rentré qu'à six heures et demie.

— Ah ! je sais, il est sorti avec mon contremaître, et ils sont allés boire ensemble un verre de vin.

— Et ils sont restés plus d'une heure ensemble ?...

— Non, car mon contremaître était là avant le coup de cloche de cinq heures et demie... Mais pourquoi me demandes-tu cela ?... Savons-nous seulement si c'est jeudi que le crime a été commis ?

— Non. C'est vrai, nous ne le savons pas, balbutia Pauline. Cependant, ce serait vraisemblable.

— En ce cas-là, je puis jurer que, de onze heures du matin à cinq heures un quart, je sais positivement ce que faisait Dolé.

— Allons, fit Pauline.

Loriot ne se doutait pas du mal qu'il venait de lui faire. C'était justement après cinq heures que Georges avait été frappé.

Où se trouvait Dolé à cette heure-là ?

Pourrait-il reconstituer minute par minute l'emploi de son temps ?

Elle savait qu'il aimait à flâner comme tous les rêveurs. Le dîner ne devant être servi qu'à sept heures, il pouvait avoir pris le chemin des écoliers. Aurait-il, du moins, rencontré quelqu'un ?

Mais aussi était-il bien certain que l'on sût exactement l'heure à laquelle Georges avait été tué ?

Tout dépendait de là.

S'il était certain que Dolé pût trouver un alibi, alors il n'était plus nécessaire d'avouer. Le secret terrible restait à jamais enseveli dans sa conscience. Oh ! ce n'était pas pour elle qu'elle désirait cela, car elle sentait en elle un supplice dont elle n'avait jamais eu l'idée. La terreur et l'angoisse pesaient sur son cœur, si fort qu'il lui semblait qu'une tenaille l'écrasait.

Et il lui fallait aller à cette maison maudite, effrayante.

Elle marcha. Elle voyait comme dans un songe ces maisons noirâtres, et, ne songeant plus combien il était surprenant qu'elle connût si bien cette masure immonde, elle s'arrêta devant la porte qu'elle avait franchie trois jours auparavant.

Le ferrailleur était sur sa porte.

Fiévreusement, sans hésitation, Pauline le questionna.

Un homme avait été tué. Elle était la femme de celui qu'on accusait. Elle jurait qu'il était innocent. Mais elle implorait quelques renseignements.

L'autre, très flatté, et songeant à l'effet qu'il produirait tout à l'heure en racontant la scène aux commères du quartier, ne se fit pas prier.

On avait trouvé un revolver et puis une lettre de menaces.

Il regrettait de faire de la peine à « madame », mais ça paraissait bien être des preuves.

Du reste, on n'avait vu personne.

— C'est pour dire que celui qu'on a tué valait bien cher. Ça ne travaillait pas. Et puis on a trouvé sur lui un billet de mille francs ! Rien que ça ! Ça pourrait bien être de l'argent... enfin, suffit !...

— Sait-on à quelle heure il a été tué ? demanda brusquement Pauline.

— Ça, c'est bien un hasard... et ça prouve bien qu'il y a un Dieu; figurez-vous qu'il avait une montre en toc... une patraque... et voilà que, quand il est tombé sur la table, l'oignon s'est trouvé écrasé... le verre a arrêté les aiguilles...

— Et quelle heure était-il ?...

— Cinq heures trois quarts... j'ai vu le cadran...

Loriot eut un geste d'effroi.

— Merci, dit Pauline, qui se recula, comme si elle eût voulu s'enfuir.

Et elle entraîna l'émailleur.

IX

— Tu vois, cela est bien grave ! avait dit Loriot à Pauline au moment où ils arrivaient devant la porte de sa maison.

Plus grave qu'il ne le supposait. C'était terrible.

Il ne voyait qu'un fait unique, un coupable sans doute excusable, mis sous la main de la justice. Car, maintenant il ne doutait plus que Dolé eût frappé Georges.

Que s'était-il passé ? A quelle surexcitation subite Dolé avait-il succombé ? Il ne pouvait rien s'expliquer. Mais l'homme était mort. Si peu qu'il valût, la société a le devoir de demander compte d'une existence. Puis Loriot ne disait pas encore tout ce qu'il pensait. Georges avait été tué d'un coup de revolver.

Il fallait donc que Dolé eût pris d'avance cette arme dans sa poche. Cette circonstance impliquait la préméditation.

Pauline, depuis le moment où le ferrailleur avait parlé, n'avait même plus protesté de l'innocence de son mari. Elle s'était tue, ayant aux lèvres trop de mots à prononcer.

Donc pour Loriot, elle était elle-même convaincue.

Pourtant on lutterait, on s'efforcerait, par tous les moyens humains, de diminuer l'horreur de la situation dans laquelle Dolé allait se débattre. Il fallait songer d'abord à lui procurer un peu de bien-être matériel ; il était parti sans rien emporter.

Loriot réfléchissait, assis dans le magasin, pendant que Pauline choisissait ce qu'il fallait à son mari.

Gaspard avait emmené Jacquet dans le jardin. L'enfant, insouciant par privilège d'âge, jouait aux dernières lueurs du jour.

Mme Dolé, dans sa chambre, avait soulevé le rideau et regardait Jacquet. Tout à coup, elle se recula, et avec un geste désespéré elle murmura :

— J'ai horreur de moi !

Elle expiait durement sa faute.

En voyant l'enfant, elle retrouvait en elle la même pensée. Dolé douterait de sa paternité !... Qu'il sût son infidélité, à elle, eh bien ! après tout... il la chasserait, il souffrirait, mais le temps cicatriserait la blessure. Oui, s'il avait du moins cette suprême consolation de garder l'enfant, de l'aimer, et parfois, courbé sur ses cheveux blonds, de pleurer le passé en rêvant à l'avenir.

Mais c'était cette mort de l'avenir qu'elle ne voulait pas lui infliger.

Tout pour elle disparaissait devant cela.

Puis elle revenait au paquet, elle le disposait en ménagère soigneuse ; les larmes tombaient sur le drap. Elle en effaçait la trace avec impatience.

— Dépêche-toi, cria Loriot, j'arriverai trop tard.

Elle s'arracha à son angoisse.

— Vous ne le verrez pas ?

— Je ne crois pas... et de plus demain et après-demain il n'y aura guère rien de nouveau. Le dimanche est jour férié et puis le lundi les juges d'instruction ne viennent pas au Palais.

— Oh ! lundi, il sera libre, dit-elle.

Loriot la considéra avec surprise.

— Ne te fais pas d'illusion, reprit-il. Ça n'est pas possible.

— Je ne veux pas qu'il reste en prison... Il est innocent.

Loriot soupira, prit le paquet, le plaça sous son bras. Puis :

— Je vais là-bas, dit-il. Je prends ma voiture, je serai de retour vers sept heures... Je reviendrai te dire ce que j'aurai appris... si je sais quelque chose !

— A sept heures, bien !... je vous attendrai.

Loriot lui prit les deux mains :

— Du courage, petiote.

— Oh ! j'en aurai... plus que vous ne pensez.

La porte se referma sur Loriot.

Pauline resta un instant immobile. Puis, sentant un flot de pensées lui monter au cerveau :

— Je ne veux pas être seule, dit-elle.

Elle appela Gaspard et Jacquet.

— Gaspard, lui dit-elle, Mme Dolé est par tie fâchée.

Gaspard inclina la tête en souriant un peu.

— Va la chercher. Demande-lui, de ma part, de venir ; il faut que je la voie.

— J'y vais, fit Gaspard.

Pauline prit Jacquet sur ses genoux, et posa ses lèvres sur ses cheveux.

Cependant elle ne pleura pas.

— Maman, dit l'enfant, papa va revenir, dis ?...

— Peut-être pas ce soir, mais demain je te le promets.

— Il est donc en voyage...

— Oh, oui !... Tu l'aimes bien, n'est-ce pas ?

— Oh ! oui !

Elle se mordit les lèvres pour refouler ses larmes.

— Si je n'étais pas là, tu serais bien bon avec lui ?...

— Si tu n'étais plus là !... tu vas donc aussi partir en voyage, toi ?...

Elle posa l'enfant à terre et ne répondit pas.

Gaspard revint bientôt avec madame mère qui entra digne et sévère.

Pauline alla à elle et lui dit :

— Maman, venez dans ma chambre.

Maman ! ce mot toucha la vieille femme. Voici que tout à coup elle comprit que la douleur pouvait bien excuser un manque de convenance, et, se trouvant au premier étage :

— Je ne vous en veux pas, dit-elle la première.

Mais déjà Pauline l'avait poussée vers un fauteuil où elle l'avait contrainte de s'asseoir et s'était agenouillée devant elle

— Pardonnez-moi, maman, lui dit-elle.

Madame mère, de par son caractère à la fois timide et dominateur, — singulière antinomie qui s'explique d'elle-même, — avait été bien rarement dans sa vie attaquée par un élan de sentiment. Mais sous la chaleur d'un mot, cette glace fondit. On l'appelait maman ! On lui demandait pardon !

Elle se mit à sangloter, mais cette fois de vraies larmes, des larmes de femme. Et elle s'oublia, elle aussi, comme Loriot, jusqu'à tutoyer celle qu'elle avait appelé jusque-là sa belle-fille et qu'elle appelait pour la première fois : ma fille :

— Te pardonner, ma fille ! mais quoi donc ? Tu ne m'as rien fait...

Pauline continua :

— Oui, je vous demande pardon. Peut-être bien souvent, sans le savoir, sans le vouloir, vous ai-je déplu. Sous le coup de la catastrophe qui nous accable, je sens qu'il ne doit rester aucune ombre entre nous.

La vieille voulut protester. Pauline ne la laissa pas parler et reprit :

— Je le sais, vous ne m'en voulez pas. Mais... je vous en prie, il ne faut pas que mon mari, que Jacquet soient rendus responsables de mes... fautes, de mes sottises. Ils ont besoin d'être aimés, peut-être même d'être consolés. C'est sur vous que je compte. Dolé vous adore. Il a raison. Aimez-le bien, soyez bonne et douce pour lui ; et quand il vous parlera de moi, eh bien ! défendez-moi un peu.

Pour employer une expression vulgaire, madame mère n'y était plus du tout.

Elle avait pris la tête de Pauline à pleines mains et elle l'embrassait avec des : Je t'aime, je t'aime bien, qui lui eussent paru en toute autre occasion du dernier mauvais goût.

— Vous êtes bonne, lui dit Pauline. Ecoutez-moi donc et surtout comprenez-moi bien. Vous savez que votre fils a été arrêté sous une inculpation atroce. Eh bien, moi, sa femme, je vous jure qu'il est innocent. Bien plus, je vous affirme qu'il sera libre dans deux jours au plus tard. Seulement...

Elle s'arrêta un instant. Mais elle sentit sur son front les pleurs de madame mère. L'impassible, la dédaigneuse des émotions vulgaires pleurait.

Ceci rendit à Pauline tout son courage.

— Seulement... il se pourrait que Dolé... que mon mari, que votre fils éprouvât, après sa mise en liberté et peut-être même à cause d'elle, une douleur poignante, profonde... Eh bien ! promettez-moi de le consoler, de l'aimer... bien doucement. Il est si bon ! C'est vrai, cela. La souffrance sera... serait pour lui pire que pour un autre. Il faudra ne pas le brusquer, compatir complaisamment à sa douleur, et, s'il dit des folies, l'embrasser tendrement... être pour lui enfin... tout ce que je devrais être.

Interloquée ! ce seul mot peut rendre, dans sa rudesse commune, l'étrange expression que ressentait madame mère. En réalité, elle ne comprenait pas un seul mot de tout ce que lui disait sa bru. Cette idée lui vint que Dolé monterait sur l'échafaud et qu'il faudrait l'assister à ses derniers moments.

— Je serai là, s'écria-t-elle avec un sursaut de religiosité.

— Merci !...

— Mais vous y serez aussi, vous ?...

Pauline la regarda avec stupéfaction.

— Où donc ?

— Je ne veux pas y penser, cria madame mère. Lui, un assassin ! lui, condamné !

Pauline se redressa brusquement :

— Puisque je vous dis qu'il est innocent.

— Alors je ne sais pas... je veux bien faire tout ce que vous me demandez, mais quoi ?

Cette femme n'avait rien deviné. Pourtant Pauline était sur le point de se livrer tout entière. Son horrible secret jaillissait hors d'elle. Madame mère n'avait pas compris.

Pauline, que la névrose secouait, eut conscience de cette inertie morale.

— Je suis folle, dit-elle. Vous m'excuserez, j'ai tant de chagrin. Je ne sais pas exactement ce que je dis. Mais, ajouta-t-elle avec la plus exquise douceur, dites-moi que vous aimez bien votre fils... et notre petit Jacquet.

— Certainement, je les aime.

Elle disait cela froidement, stupidement. Pourtant c'était vrai qu'elle les aimait, autant qu'elle pouvait aimer. Mais elle n'était pas expansive.

Ces exagérations sentimentales la gênaient et éveillaient en elle. — presque à son insu. — des soupçons d'hypocrisie.

Les flegmatiques sont défiants.

Pauline qui s'était laissé entraîner comprit son erreur et s'efforça de recouvrer son calme ; mais, sans le vouloir, elle avait semé dans le cerveau de madame mère des pensées qui devaient germer un jour et produire des fruits inattendus.

Loriot revint comme il l'avait promis, vers huit heures.

Ainsi qu'il l'avait prévu, il lui avait été impossible d'obtenir des renseignements précis.

Dolé était au dépôt, en cellule.

Au bureau de la Permanence, on avait reçu le paquet de vêtements ainsi qu'une petite somme, déposée en son nom. Il n'y avait à espérer aucun changement avant trois jours.

Le juge d'instruction chargé de l'affaire et qui avait décerné le mandat d'amener se nommait M. Renaud de Rambure.

Le premier interrogatoire de Dolé aurait lieu le mardi suivant. Jusque-là, impossibilité de communiquer avec lui.

Du moins ces trois jours devaient être utilisés dans l'intérêt de la défense de Dolé. Loriot irait réclamer le concours d'un avocat de grand mérite, amateur et collectionneur de céramique. En supposant qu'il ne se chargeât pas de la défense, du moins il ne refuserait pas ses conseils.

Madame mère quitta la maison à dix heures.

Jacquet était couché.

Gaspard s'était retiré discrètement, mais il n'avait pas oublié qu'on l'avait prié de veiller pendant la nuit. Du moment qu'il n'y avait plus d'homme dans la maison, c'était son devoir.

Loriot et Pauline restèrent ensemble, causant jusqu'à minuit.

La pauvre femme était calme.

Elle raisonnait.

Elle n'affirmait plus à Loriot l'innocence de Dolé. Seulement, elle expliquait que sa culpabilité n'était pas prouvée. Il fallait que Loriot tâchât de savoir ce qu'avait fait Dolé de cinq à six heures ; l'émailleur promit de se livrer à une enquête minutieuse.

— Mais je serai fort embarrassé, remarqua-t-il, si j'acquiers la preuve contraire à celle que nous cherchons. Je n'aime pas mentir, et de plus, le voudrais-je, je ne saurais peut-être pas me débattre devant le juge... Ces gens-là sont plus malins que nous...

— A la grâce de Dieu ! dit Pauline. Cependant, je suis certaine que vous ne découvrirez rien de défavorable pour mon pauvre mari...

Loriot était satisfait de voir Pauline moins exaltée.

Il partit plus rassuré, s'engageant à revenir le lendemain de bonne heure.

Pauline ne se coucha pas.

Elle resta sur une chaise, la tête dans ses mains, ayant parfois des frissons qui l'ébranlaient des pieds à la tête comme des commotions électriques. Peu à peu ses traits se détendaient et son visage prenait la teinte de la cire, et aussi la rigidité d'un modelage. Sur son front se creusaient les plis droits des résolutions prises.

Quand vint le jour, elle rentra dans la vie extérieure.

Elle habilla Jacquet, lui souriant et l'embrassant. Gaspard, qui ne voulait pas se rendre importun, ne parut qu'assez tard. Sur cette face rude, l'insomnie avait laissé des traces plus profondes. Pauline comprit qu'il avait souffert, lui aussi, et elle lui tendit la main.

Le pauvre homme, que désolait surtout le sentiment de son impuissance, eut de grosses larmes dans les yeux.

— N'ayez pas peur, lui dit-elle doucement. L'innocence de Dolé sera prouvée, je vous le jure.

Loriot vint et annonça une bonne nouvelle.

L'avocat, M° Lecroix, avait témoigné le plus grand intérêt pour Dolé, ce qui tenait bien un peu à certaines promesses que lui avait faites l'émailleur. On sait que les collectionneurs ont des passions furieuses. Pour ajouter à sa galerie un plat de Limoges, il eût été capable de trouver des

mouvements d'éloquence à sauver le plus cynique assassin.

Il avait permis à Loriot de revenir le lendemain et, cette fois, accompagné de M°° Dolé.

Pauline accueillit cette nouvelle avec une placidité qui étonna Loriot.

— Mais c'est le plus grand avocat de Paris ! Il fera acquitter Dolé.

Pauline ne dit rien. Elle pensait :

— Ce n'est pas un avocat qui le sauvera...

Lourde fut cette journée du dimanche, lourde celle du lundi.

Loriot avait cherché à suivre la trace de Dolé depuis le moment où il avait quitté le contremaître. Il n'avait pu recueillir aucun détail. Il accompagna Pauline chez M° Lecroix.

L'avocat était un homme affable, paternel ; en priant Loriot de lui amener la femme de l'accusé, il avait obéi à une préoccupation inexplicable. Lorsque l'émailleur lui avait expliqué comment le meurtre avait été commis, la pensée lui était venue aussitôt qu'il existait un lien entre la catastrophe et... M°° Dolé.

Dès qu'il l'eut vue, ses soupçons tombèrent. Les angoisses de ces journées et de ces nuits avaient éteint en elle toute lueur de jeunesse et imprimé à son visage un caractère de solennité douloureuse qui la défendait même contre toutes questions, si adroites et si enveloppées qu'elles fussent.

Cette coupable, de par ses souffrances intimes, imposait le respect.

M° Lecroix demanda à M°° Dolé des détails sur le caractère de son mari, sur ses relations antérieures avec ce Georges Rives.

Pour lui, comme pour Loriot, la culpabilité de Dolé était très probable.

Il ne songeait dès à présent qu'à grouper les circonstances atténuantes sur lesquelles s'étayerait la défense.

— Je n'ose vous promettre un acquittement, madame, dit-il en terminant ; mais je crois pouvoir vous affirmer que la peine sera relativement légère... Qui sait même si je ne parviendrai pas à faire correctionnaliser l'affaire en écartant la préméditation homicide, j'entends en transformant le fait en coups et blessures ayant occasionné la mort sans intention de la donner.

— Et, en ce cas, qu'est-ce qui serait le plus favorable ? Quelle pourrait être la peine ?

— Quelques années de prison.

Pauline ferma à demi les yeux et ne répondit pas.

— Il nous reste d'ailleurs beaucoup à apprendre, reprit vivement l'avocat touché de l'émotion contenue de cette femme, et, si nous arrivions à établir la provocation, qui sait ! la légitime défense, votre mari serait sauvé... Quoi qu'il doive arriver d'ailleurs, à la recommandation de mon cher M. Loriot (disait le collectionneur) et à la vôtre, madame (rectifiait l'homme du monde), je me mets tout à votre disposition.

En réalité, personne ne songeait un seul instant que Dolé pût être innocent. Il semblait que les preuves fussent déjà faites.

Pauline eut le courage de dire :

— Monsieur, je crois mon mari innocent. Je sais que des présomptions graves témoignent contre lui. Cependant permettez-moi une supposition. Il est hors de doute qu'il se trouvait chez... cet homme un revolver ayant appartenu à mon mari, et une lettre que Dolé lui avait écrite... Mais si l'assassin, — n'étant pas Dolé, — eût été surpris et arrêté sur le fait, est-ce que la lettre de menaces ne se serait pas tout aussi bien trouvée chez lui... Cependant, en ce cas elle n'aurait rien prouvé.

— Je l'admets pour la lettre... mais le revolver ?...

— Il y a plus de six ans que mon mari l'avait donné à cet homme...

— L'explication est plus ingénieuse... que spécieuse, objecta l'avocat.

Si, des indifférents, — plus encore, des sympathiques, — accueillaient ainsi l'énonciation des faits vrais, sur quelle impartialité devait-on compter de la part d'un juge ? Pauline se disait cela, mais n'était point surprise.

Elle avait tant réfléchi pendant la nuit qu'elle avait, avec une sorte de clairvoyance divinatrice, pressenti dans chacun de ses détails la marche de l'instruction.

C'est surtout lorsque manquent les preuves immédiates, absolues, que la logique des instructeurs s'attache avec le plus d'acharnement aux preuves subsidiaires, les grossissent, les amplifient, de la meilleure foi du monde d'ailleurs, et uniquement parce que, persuadés de la culpabilité du prévenu, ils plient les faits au lit de Procuste de leur conviction.

A leur retour, Loriot et Pauline trouvèrent une assignation à témoin.

Le juge d'instruction les convoquait pour le lendemain à deux heures.

— L'affaire marchera vite, dit Loriot, c'est un mal pour un bien. Du moins, on ne lui fera pas faire six mois de prévention.

Rendez-vous fut pris. A l'heure fixée, Loriot et Mme Dolé partirent pour le Palais de Justice.

Dans la longue salle du deuxième étage, au pavillon de la Grande-Horloge qui fait l'angle du quai et du boulevard du Palais, — ils entrèrent tous deux à une heure et demie. Ils montrèrent leur assignation et on leur désigna un banc. Là se trouvaient déjà le ferrailleur de la rue des Cinq-Diamants et un personnage que Pauline ne connaissait pas et qui pourtant, en la voyant s'avancer, se mit à ricaner.

Elle n'y prit pas garde. Loriot le regarda de travers. L'homme redevint sérieux.

C'était l'ami de Georges, celui qui avait le premier donné l'éveil.

Pauline s'était assise à quelque distance de lui. Au bout de cinq minutes, il se rapprocha d'elle :

— C'est vous qui êtes Mme Dolé ? demanda-t-il à voix basse.

Chose étrange, cet homme avait un accent rauque et aviné qui appelait d'une façon effrayante celui de Georges Rives.

Pauline tressaillit si fort, qu'elle perdit un instant la respiration. Il lui avait semblé que c'était le mort qui parlait.

Puis elle regarda.

C'étaient les mêmes yeux ardents, les mêmes lèvres boursouflées par l'ivresse, la même pâleur mate des alcoolisés.

— Je vous demande, madame, si c'est vous qui êtes Mme Dolé !...

Elle fit un violent effort et répondit :

— Oui... mais vous, monsieur, qui êtes-vous ?...

— Moi, je suis l'ami de ce pauvre Georges...

Elle le regarda en face, distinguant dans ces quelques mots l'écho d'une menace.

— Son ami... et son confident, ajouta l'homme en modérant encore sa voix.

— Ah ! fit-elle seulement.

— Mais on peut être tranquille, je ne me mêle que de ce qui me regarde, et je ne dirai que ce qu'il me plaira de dire.

L'huissier du juge d'instruction parut à la porte vitrée et appela :

— Mme Dolé !

Elle n'entendit pas tout de suite. Elle écoutait en quelque sorte une seconde fois les paroles qui venaient d'être prononcées et dont elle cherchait le sens.

— Va, ma petite, dit Loriot en se penchant vers elle, surtout du calme !

— Mme Dolé ! répéta l'huissier.

— N'ayez pas peur, reprit l'autre en se penchant vers elle, pour que seule elle pût entendre, ça restera entre nous...

Elle se leva et marcha vers le cabinet du juge. La porte s'ouvrit et se referma sur elle.

M. Renaud était un magistrat d'une quarantaine d'années, présentant le type banal du substitut de province, visage maigre, favoris en côtelette, teint blanc, yeux à fleur de tête.

Il s'inclina légèrement, indiqua un siège à Mme Dolé, adressa un signe à son greffier, et invita Pauline à décliner ses nom, prénoms, etc.

Puis, à demi courbé sur son dossier qu'il tapotait régulièrement du plat de son couteau à papier, il dit :

— Depuis combien de temps êtes-vous mariés ?

— Depuis douze ans.

— Vous avez des enfants ?

— Un fils.

— Quel âge ?

— Cinq ans.

Chaque question était ponctuée d'un coup sec sur le dossier. Cela voulait dire :

— Greffier, écrivez.

Ces préliminaires accomplis, M. Renaud garda un instant le silence, mais sans doute pour se recueillir ; puis il reprit en appuyant sur chaque mot, comme s'il eût dicté un pensum à un écolier :

— Madame, vous n'êtes entendue ici qu'à titre de renseignement. La justice apprécie votre position dans toute sa délicatesse. Vous êtes donc libre de répondre à nos questions ou de vous abstenir. Seulement...

Ici le couteau à papier se leva comme un sabre prêt à trancher une tête.

— Seulement, dans l'intérêt même de votre mari, je vous avertis que la plus entière franchise sera encore le meilleur de tous les plaidoyers.

Pauline s'inclina. Elle avait une sueur glacée au front.

— J'ai procédé ce matin même, madame, à l'interrogatoire de votre mari. Je sais donc d'avance ce que vous pourrez me répondre. Cependant, je vous demanderai la permission de bien préciser les points sur lesquels la justice veut être édifiée.

Nouveau silence. Le couteau à papier retombe. Cette fois, on le pose nettement à plat, avec un claquement sec sur le bois du bureau.

— A quelle heure votre mari est-il sorti, jeudi 11 de ce mois, vous entendez bien, jeudi dernier?

— A dix heures et demie du matin...

Le couteau se releva.

— A dix heures et demie, fort bien. Il est rentré à...

Soudain une idée traversa le cerveau de Pauline. Pourquoi dire six heures et demie? Qui pouvait contredire ses affirmations?

— A six heures, dit-elle.

Ici M. Renaud consulta son dossier.

— A six heures précises?... Ou bien est-ce un peu avant ou un peu après?

Pauline se troubla.

— Je ne sais pas au juste... Vous comprenez...

— Bien. Donc, ce peut-être tout aussi bien à six heures et demie...

— Je ne crois pas, murmura Pauline dans un dernier effort...

— Passons. Je vous le répète, madame, vous avez toute liberté de répondre comme vous le jugez convenable. Je vous ferai observer que vous n'avez pas prêté serment. Cependant, lorsque Dolé est rentré, vous aviez bien dû remarquer en lui un certain trouble, tout au moins un malaise visible?

— Monsieur, dit nettement Pauline, je vous affirme, — et sous serment, s'il le faut, — que mon mari n'était ni troublé ni préoccupé. Au contraire, il était et paraissait heureux, car il avait réussi, dans la journée, une expérience difficile dont il cherchait depuis longtemps la solution.

— Bien !... Je vois que vous êtes une épouse docile, articula avec un sourire le juge qui suivait des yeux les réponses déjà rédigées de Dolé. Autre chose, alors? Vous connaissiez le nommé Georges Rives...

Si pâle que fût Pauline, elle pût pâlir encore.

— Oui, monsieur.

— Il est resté chez vous pendant quelque temps...

— Pendant près de six mois...

— Et il partit après une violente querelle avec votre mari.

— On ne peut appeler une querelle, monsieur, l'acte violent par lequel le volé chasse le voleur...

— Soit. Mais ce Georges, a-t-il proféré des menaces?...

— Je ne les ai pas entendues...

— Et, au contraire, le nommé Dolé n'a-t-il point déclaré qu'il se vengerait de ce qu'il appelait un vol?...

— Mon mari, monsieur, est un homme doux et bon, qui a été souvent trompé et qui ne s'est jamais vengé...

— Bien ! A-t-il revu ce Georges Rives?

— Je ne le crois pas.

— Cependant il dit lui-même l'avoir rencontré une fois, sur le boulevard extérieur.

— Il ne m'en a rien dit.

— N'a-t-il pas reçu une lettre de ce Georges?

— Encore une fois, monsieur, mon mari ne m'en a pas parlé...

— Et vous avez ignoré également qu'il lui eût répondu?

— Oui, monsieur.

— Cependant... cette lettre est bien de l'écriture de votre mari?

Et il lui mit sous les yeux la lettre de Dolé, cette lettre que Georges lui avait déjà montrée, à elle, cette lettre que dans son affolement elle n'avait plus pensé à prendre, ne songeant qu'aux autres, aux siennes !

Ah ! pourquoi avait-elle eu peur de son crime? pourquoi n'avait-elle pas raisonné, froidement, logiquement. Elle aurait emporté le revolver, cette lettre maudite...

— Je vous demande, madame, si c'est bien là l'écriture de votre mari?

— Oui, monsieur.

Un coup mat du couteau à papier révéla toute la satisfaction éprouvée par M. Renaud, qui se soulevant à demi, dit à Pauline :

— Madame, je ne veux pas abuser plus longtemps de votre complaisance. Si j'ai d'autres questions à vous adresser, j'aurai l'honneur de vous inviter à passer à mon cabinet.

Elle était délivrée. Elle fit un pas pour sortir, mais tout à coup :

— Non ! non ! pensait-elle. Il faut lutter, lutter encore... jusqu'au bout..

Elle se retourna et regardant le juge en face :

— Monsieur, je vous prie de m'écouter un instant. Je sais que les protestations, les serments n'ont aucune valeur... il faut des preuves... De ce que je vais vous dire, vous les aurez peut-être plus tôt que vous ne le supposez. Mon mari n'est pas coupable, mon mari n'est pas allé chez cet homme, mon mari n'a pas tué. Vous êtes en ce moment le jouet d'une erreur terrible. Malgré cette lettre trouvée chez.., celui qui est mort, malgré toutes les prétendues certitudes qui s'imposent à la justice... Dolé, — le bon, l'honnête homme. — Dolé est innocent...

Le juge, la tête baissée, tapotait, tapotait toujours, en sourdine.

Pauline s'enhardissait, s'exaltait.

— De toute la force de ma conscience, continua-t-elle, je vous affirme que vous vous trompez... Ce n'est pas Dolé qui a tué cet homme, et c'est un innocent que vous retenez en prison, que vous torturez par vos interrogatoires. C'est impossible, dites-vous ? Pourtant, cela est. Oui, cela est, et je le prouverai, moi !...

Le juge posa le couteau, se leva et dit poliment :

— Madame, je regrette vivement... j'ai d'autres témoins à entendre.

Elle regarda cette face blanche sur laquelle pas un seul muscle ne tressaillait. Elle comprit tout. Elle l'ennuyait !

Elle mit la main sur le bouton de la porte et sortit.

— M. Loriot, cria l'huissier.

Pauline vint tomber sur le banc, à la place où elle était tout à l'heure.

Le ferrailleur s'approcha d'elle.

— Il vient d'arriver une bien drôle de chose, lui dit-il ; on est venu arrêter l'homme qui était là comme témoin... vous savez, ce Victor, qui est entré avec moi le premier dans la chambre...

X

Loriot était naïf. Quiconque avait un titre, exerçait une fonction, émargeait au budget gouvernemental, lui paraissait revêtu d'un caractère sacro-saint.

Le juge d'instruction avait eu bon marché de lui.

Loriot avait bien essayé un instant de plaider l'innocence.

L'inquisiteur moderne avait pris l'air bonhomme, lui avait fait comprendre : qu'il ne fallait pas tenter de tromper la justice ; que cependant, dans les circonstances actuelles, étant donné d'un côté un brave homme établi, travaillant, — quoique n'avant pas toujours fait de très bonnes affaires, — et de l'autre côté, un débauché sans domicile, — car un garni n'est pas un domicile, aux termes de la loi, — on était tout prêt à admettre les circonstances atténuantes. Sur ce terrain, — mais sur celui-là seulement, — il y avait tout lieu de s'entendre.

Loriot était trop bien disposé à abonder dans ce sens pour que sa résistance fût de longue durée.

— Voyons, lui avait dit le juge en posant délibérément le couteau à papier, comme s'il eût écrasé sous le plat du bois toutes les arguties contraires, — plaider l'innocence est une folie. Dolé a tué cet homme. Or, tablons sur ceci, je ne vous parle pas en juge, mais en homme. Ce Georges Rives ne valait pas grand'chose. Je viens

même d'apprendre que son ami le plus intime, — et qui doit servir de témoin dans cette affaire, — vient d'être arrêté, là, dans la salle des Pas-Perdus, sous inculpation d'escroquerie. On le recherchait, paraît-il, et un agent de la Sûreté l'a tout à coup reconnu... Ceci n'a d'importance que pour nous édifier sur le compte de ce Georges, qui avait mille francs sur lui, détail très singulier, j'en conviens. Donc, ce n'était pas un honnête homme. Au contraire, Dolé n'avait encouru aucune plainte. Bien plus, Dolé affirme qu'il lui avait volé un secret de fabrication...

— C'est vrai ! c'est archi-vrai ! avait répondu Loriot.

— Je le crois, et je ne discute pas. Donc ce Georges aura menacé, insulté Dolé, et celui-ci, exaspéré, sera venu le trouver chez lui. Une querelle s'est élevée entre eux. Dolé a tiré un revolver de sa poche et l'a tué. C'est bien ainsi que vous comprenez l'affaire, n'est-ce pas ?

— Dame !... j'avoue... balbutiait Loriot.

— Certes, la vie de l'homme est sacrée. Et quiconque y attente doit répondre de son crime à la justice. Mais cette justice même n'est pas aveugle. A travers le bandeau que les poètes ont pris le malin plaisir de river à ses yeux, elle sait discerner la vérité. L'homme le plus débonnaire peut être irrité, exaspéré, jeté hors de lui par des menaces, par des insultes... Dites-moi, monsieur Loriot, vous êtes un homme considéré et considérable. Vous ne voudrez pas tromper la justice. Dolé n'avait-il pas parfois des accès de violence !

— Oh ! bien rarement.

— Certes ; seulement, lorsque quelque circonstance exceptionnelle le faisait sortir de son calme ordinaire... par exemple, si un ouvrier exécutait mal ses ordres...

— Tenez ! ce que vous dites est tellement vrai qu'une fois le chauffeur ayant laissé ralentir le feu pendant quelques minutes, il en est résulté un défaut dans un vase qui tel qu'il était pouvait encore valoir un millier de francs. Dolé l'a pris et la brisé d'un seul coup !

Le greffier écrivait.

— C'est bien cela. Vous ne connaissiez pas entre Dolé et sa victime d'autre sujet de haine que, ce prétendu vol...

Loriot n'avait pas relevé le mot « prétendu » et avait répondu négativement. Puis il avait signé sa déposition et était sorti.

Quand il eut dit à Pauline :

— Le juge est un brave homme. Il comprend l'affaire... Dolé en sera quitte à bon marché...

Elle ne répondit pas. Cette conclusion ne l'étonnait pas. Avec son tact de femme, elle avait, — quoique absente, — assisté à la scène qui s'était passée entre Loriot et le juge.

Seulement, Loriot avait fait quelque chose de plus qu'elle, parce que c'était lui, un esprit pratique. Il avait demandé et obtenu pour lui et pour Mme Dolé un permis de voir le prévenu, qui venait d'être transféré à Mazas.

— J'irai le premier, si vous voulez, dit Loriot. Voyez-vous, entre hommes, on s'encourage mieux. Je le raisonnerai, je lui prouverai qu'il a tort de s'entêter à nier. Quand on a fait une bêtise, il faut la boire. Est-ce que, d'ailleurs, Mᵉ Lecroix n'est pas là ! Il en a rattrapé bien d'autres qui étaient encore plus près de se noyer...

— Quand irez-vous à Mazas ? demanda Pauline.

— Demain... le juge me l'a dit... à une heure...

— Venez me voir auparavant...

— Je le promets. Tu es bien gentille de me laisser y aller le premier... Je vois que tu deviens raisonnable...

Madame mère attendait avec impatience le résultat de cette entrevue judiciaire.

— Bah ! fit Loriot, il en aura pour deux ans et on obtiendra sa grâce au bout de six mois.

La veuve se dressa blême :

— Il sera condamné ?

— Ça, on peut s'y attendre ! s'écria Loriot.

Madame mère, qui ne s'était débarrassée ni de son châle ni de son chapeau, dit nettement :

— C'est le déshonneur. Je ne remettrai pas les pieds ici... Pour éviter cela, j'aurais donné dix ans de ma vie.

Et avant qu'on eût songé à la retenir, elle était sortie.

— Eh bien ! qu'elle s'en aille, la vieille folle ! s'était écrié Loriot.

Avant de s'éloigner à son tour, il raisonna encore Pauline.

Il fallait voir les choses comme elles étaient. Après tout, la vieille mentait quand elle disait que c'était un déshonneur. Dolé n'avait rien volé, puisque, au contraire, il avait frappé un voleur. Puis les juges sauraient bien faire la part de chacun.

Ce Georges était une espèce de fainéant, bon à rien et prêt à tout... Ça ne serait pas un bien grand crime, aux yeux des gens, que d'avoir supprimé un particulier de cet acabit. Dolé saurait bien s'expliquer.

Il pariait, lui Loriot, cent contre un, que tout le monde serait pour lui. Seulement, il ne fallait pas s'entêter. Le mieux était d'avouer franchement, sans chercher à tromper la justice qui ne s'en laissait pas imposer.

Pauline inclinait la tête, approuvant. Jacquet étant venu, elle mit son doigt sur ses lèvres blanches en regardant Loriot, qui comprit et se tut. Elle embrassa l'enfant et le poussa vers Loriot.

— N'est-ce pas, fit-elle, que c'est tout le portrait de mon bon Dolé ?...

— Oh ! pour ça, s'écria Loriot, tout craché !... En voilà un qu'il ne pourrait pas nier comme de lui.

Un éclair de joie passa dans les yeux de Pauline.

— A demain, dit encore Loriot.

— Venez de bonne heure...

— C'est entendu.

Cette journée douloureuse finit comme les autres. Pauline coucha elle-même Jacquet, borda son petit lit, et resta près de lui jusqu'à ce qu'il fût endormi.

Gaspard, après avoir rôdé silencieusement du magasin à l'atelier jusqu'au soir, s'était discrètement éclipsé.

Onze heures sonnaient. Pauline était seule dans sa chambre. Dans le plein silence de cette nuit, elle allait s'interroger encore une fois, évoquer sa propre cause devant sa conscience et prononcer son arrêt.

Attendre ou agir immédiatement ? Ainsi se posait le problème.

Attendre, c'était prolonger la souffrance de Dolé, un grand enfant, qui se laisserait bien vite entraîner au désespoir. Ce n'était pas un esprit fort, il n'était pas capable d'une longue résistance.

Se résignerait-il d'ailleurs à paraître devant un tribunal ? Qui sait si, dans une agonie désespérée, il ne penserait pas à mourir ?

Dolé ne devait pas, ne pouvait pas rester en prison.

Mais à quel prix était-il possible de lui rendre sa liberté ?

La réponse était facile.

Pauline s'avouant coupable, Dolé était sauf.

Elle dirait tout sans rien cacher, s'accusant avec la franchise d'une pénitente. Ce serait le spectre de l'adultère qui ouvrirait la porte de la prison ; Dolé sortirait de ses angoisses pour retomber dans le désespoir, de la honte de la cellule dans la honte de sa maison.

Avait-elle le droit de faire cela ?

Bien plutôt avait-elle le droit de ne le point faire ? Elle se demandait quelles douleurs déchireraient le cœur de son mari, quelles colères enfiévreraient son cerveau. En ce moment, Dolé avait du moins une consolation. Il aimait, il avait confiance, il respectait. Tout à coup, il se sentirait enveloppé d'infamie ; le mépris emplirait ses lèvres comme une boue ! Ne serait-ce pas lui imposer une torture cent fois plus terrible ?

C'était sans doute par orgueil que Pauline croyait cela ! Eh bien, il la mépriserait, il la haïrait, il l'oublierait !... Il trouverait un jour une autre compagne plus digne de lui...

Car Pauline était déjà décidée, et à l'aveu, et à la mort.

Que ce fût lâcheté, soit ! Mais elle n'admettait pas que Dolé la revît. Elle se serait châtiée elle-même ; les angoisses du pauvre Pierre Dolé s'adouciraient peut-être dans les tendresses d'un pardon suprême. Comme il apprendrait à la fois le crime et l'expiation, des larmes de pitié se mêleraient peut-être à ses larmes de rage.

Il aimerait son fils, — oui, son fils ! car il ne douterait pas de la parole d'une mourante, — il reprendrait intérêt à ses travaux, à la vie.

Et, dans quelques années, le nuage noir

se serait dissipé pour ne plus laisser dans le lointain que des buées à peine visibles.

Comme elle sanglotait, la pauvre femme. C'était son cœur, son âme, son être tout entier qui pleuraient du sang !... Encore pleine de vie, elle agonisait déjà. Certes elle souffrirait moins tout à l'heure.

Elle se contraignait à penser, à suivre ces raisonnements qui se déduisaient dans son cerveau comme les fils brûlants d'un écheveau de fer rouge.

Elle avait bien songé à mentir... Elle aurait pu trouver un prétexte pour expliquer 'sa présence chez ce misérable... Là, il l'aurait menacée, insultée. Elle se serait défendue, elle l'aurait tué !...

Mais s'il était prouvé qu'elle mentait ? Qu'avait voulu dire cet homme qui avait murmuré à son oreille des mots ironiques, se disant l'ami, le confident de Georges ?

Savait-elle réellement si son secret lui appartenait, à elle seule ?

Qu'elle fût convaincue d'imposture, c'était alors que Dolé ne la croirait plus quand elle crierait :

— Jacques est ton fils !

Non ! non ! la vérité ! toute la vérité ! C'était son dernier devoir. Du moins, à celui-là elle ne faillirait pas.

Elle se leva et vint s'accouder à son petit bureau, — qui lui avait été donné par Dolé. Elle commença à écrire.

Ce fut avec un calme effrayant, avec une étrange simplicité d'expressions, qu'elle traça cette confession, véritable voie douloureuse qu'elle suivit lentement, sans éviter une seule station, voulant que celui qui lirait la connût du moins tout entière.

Elle ne se défendait pas.

C'était un acte d'accusation dressé contre elle-même, avec toute la franchise d'une coupable qui compte la somme exacte de colère et de mépris qu'elle a méritée.

Elle écrivait lentement, voulant qu'on sût bien qu'elle se confessait dans toute la netteté de sa volonté repentante et non sous l'empire d'une exaltation fiévreuse.

Seulement, quand elle raconta la scène odieuse qui avait précédé le meurtre, sa main se fit plus prompte. Elle eût voulu que le papier traduisît les immondes dégoûts qui l'avaient affolée. Chacun des mots jetés par l'infâme avait laissé son empreinte dans son cœur, où elle les relisait avec horreur, — sentant qu'elle n'avait pas pu ne pas tuer celui qui les avait proférés.

Puis elle ajouta :

« Ceci est le testament d'une morte. Je jure qu'il est l'expression complète, absolue, de la vérité. J'ai tant souffert de mon propre mépris que je n'aurais pas le courage de subir le vôtre. Adieu ! et que votre amour pour votre enfant se double d'un peu de pitié pour sa mère ! »

Elle signa.

Il était deux heures du matin. Elle cacheta la lettre et écrivit sur l'enveloppe :

« A M. Dolé. »

Puis elle l'enferma sous une seconde enveloppe, dans laquelle elle avait placé ce billet adressé à Loriot :

« Mon ami, dès que je serai morte, je vous supplie de remettre cette lettre au juge d'instruction en le priant de la communiquer à M. Dolé. Surtout, ne perdez pas une minute ; car c'est la liberté pour lui. Je compte sur vous qui ne voudrez pas désobéir à ma dernière prière. M. Dolé vous dira si vous devez me pleurer ou me maudire. »

Elle mit le pli sur la cheminée, devant la pendule. Le nom de Loriot devait frapper facilement les regards.

La pauvre créature, malgré sa force morale, était prise maintenant d'un tremblement nerveux qui la faisait chanceler. Mais elle se raidit, et, entr'ouvrant la porte de sa chambre, elle tendit l'oreille.

Tout était silencieux.

Voici ce qu'elle avait résolu.

Elle n'avait pas osé dans la soirée se rendre à l'atelier dans lequel Dolé tenait, placés sur une étagère, les flacons contenant les matières nécessaires à la fabrication et à la coloration des émaux. Maintenant, en pleine nuit, elle ne redoutait aucune surprise. Elle savait quel poison elle choisirait : celui qu'elle connaissait le mieux, le vitriol. Justement un procès récent lui avait appris les épouvantables ravages produits par cet acide.

Si, à l'extérieur, c'étaient des brûlures inguérissables, que serait-ce à l'intérieur ? C'était certainement la mort foudroyante. Il ne fallait qu'une seconde de courage, et, si atroce que fût la douleur, elle était sûre d'elle.

Elle alluma une lanterne et descendit au magasin.

Il fallait franchir une petite porte, fermée d'un verrou intérieur et qui donnait accès dans le jardin ; avant de s'y engager, elle écouta encore.

Aucun bruit.

Il fallait en finir, et d'ailleurs deux minutes au plus la séparaient du moment suprême.

Elle franchit en courant la distance qui la séparait de l'atelier, ferma la porte qu'on ne fermait jamais, entra, leva la lanterne, aperçut sur la planchette le flacon de vitriol, étendit le bras, le saisit, arracha le bouchon avec ses dents, puis d'un geste brusque collant le goulot contre les lèvres leva le bras...

Mais à la fois deux cris terribles retentirent.

L'un, poussé par Gaspard, qui blotti dans un coin de l'atelier, avait tout vu, avait bondi vers elle, et d'un coup de poing avait brisé le flacon.

L'autre, plus effrayant encore, râlé par Pauline qui roula sur le sol... Le vitriol dont déjà quelques gouttes avaient pénétré entre ses lèvres avait jailli à son visage...

Gaspard, fou, la saisit dans ses bras et s'élança dehors, criant au secours... Elle ne remuait pas, ne se débattait pas, inerte comme un cadavre. Il vit la pompe, et lui lança un jet d'eau glacée au visage...

Puis il l'emporta dans la maison en criant au secours.

XI

Pauline n'était pas morte. Elle était pire.

Lorsque, à la lueur d'une bougie, promptement allumée, Gaspard regarda la chose informe, tordue, épouvantable, qui gisait à ses pieds, il poussa un cri d'épouvante.

Le corps s'était crispé, dans les affres de l'horrible douleur, et demeurait là, convulsé, pareil à une hideuse idole des pagodes hindoues.

Que fallait-il faire ? Terrifié, il restait stupide, sur ses jambes arc-boutées, incapable de distinguer une pensée dans le chaos d'épouvante qui tourbillonnait dans son cerveau.

Cependant, à son cri d'appel, la servante arrivait.

— Un médecin ! râla Gaspard.

L'autre regarda à son tour, ne comprit pas tout d'abord que ce quelque chose était un être humain.

— Mais allez donc ! cria Gaspard. C'est Mme Dolé !... tuée... morte... brulée... allez donc !... un médecin !...

Sur sa face de sauvage, le désespoir et l'horreur éclataient en lueurs si terribles que la pauvre femme s'enfuit. Après de longs efforts, elle ouvrit la porte en se brisant les ongles et sortit...

Une demi-heure s'écoula avant qu'elle revint. A grand'peine elle était parvenue à découvrir un médecin, un jeune homme qui avait consenti à se lever.

Quand il entra, ni Gaspard ni la moribonde n'avaient fait un seul mouvement.

Le docteur ne put réprimer lui-même un frisson d'angoisse.

D'un coup d'œil il avait reconnu les effets de l'infernal caustique ; d'abord il se crut en face d'un crime. En réalité, Gaspard, dans son affaissement, semblait plier sous le poids d'un remords. Mais le devoir professionnel fut plus fort que le soupçon.

Avant tout, il fallait savoir si la victime pouvait être sauvée.

Il donna à Gaspard l'ordre d'aller chercher un matelas et d'y étendre la malheureuse. Puis il s'agenouilla auprès d'elle et parvint à examiner son visage, sur lequel se crispaient les poings fermés et raidis comme s'ils eussent été de fer.

La bonne avait tourné le dos, se sentant défaillir.

Un souffle, — un sifflement, — sortait de la poitrine de Pauline.

Le médecin se redressa avec un geste de découragement.

— Quelle est cette femme? demanda-t-il.

Gaspard ouvrit la bouche, mais ne put parler.

— Mme Dolé, ma maîtresse, articula la servante sans se retourner.

— N'y a-t-il pas ici personne? ni père, ni mère ?...

Cette fois, la voix de Gaspard éclata.

— Personne... personne !... C'est parce que son mari a été arrêté... qu'elle a voulu se tuer ! Oh ! ajouta-t-il d'un ton suppliant, est-ce qu'elle mourra ?...

— Une plume, de l'encre ? demanda le médecin.

Il se mit à écrire une ordonnance.

— Allez chez le pharmacien, au coin du boulevard. Sonnez jusqu'à ce qu'il vous ouvre et rapportez-moi tout cela : hâtez-vous !...

C'était à la bonne qu'il s'adressait.

Il resta seul avec Gaspard.

— Elle a voulu se tuer, avez-vous dit ?... Où cela, comment ?...

Ces questions étaient adressées durement, sévèrement. Le praticien devinait une tragédie domestique.

Mais était-il en face du coupable ?...

Gaspard, secoué par la crainte, répondit, en paroles entrecoupées.

Il n'avait rien vu, rien deviné, avant le moment où Mme Dolé avait pénétré dans l'atelier. Il lui avait arraché la fiole d'acide sulfurique, au moment où elle la portait à sa bouche. Le flacon s'était brisé.

— Mais vous-même, vous êtes blessé !

Gaspard regarda ses mains. C'était vrai. Le liquide corrosif lui avait profondément labouré les chairs. Jusque-là, il n'avait rien senti.

Le médecin lui ordonna de le conduire à l'endroit où le drame s'était accompli. Encore sur le sol grouillait la mousse blanchâtre de l'acide. A quelques pas du tas de hardes sur lequel Gaspard était étendu, veillait un chien de garde. Le verre brisé était éparpillé à terre.

Cet homme pouvait dire vrai. C'était une tentative de suicide, un acte d'effrayante folie...

— Vous dites que le mari est arrêté? De quoi l'accuse-t-on?

— D'avoir tué un homme.

— Et depuis quand est-il en prison?

— Depuis trois jours.

— Mais n'est-il aucun proche parent, aucun ami que l'on puisse prévenir?

— M. Loriot.

Le docteur se fit expliquer qui était ce M. Loriot, et au moment où la servante rentra chargée d'ouate, d'huile, de fécules, il ordonna à Gaspard de l'aller chercher.

— Mais vous resterez-là... Vous la soignerez ?...

— Vous me retrouverez ici... Allez !

Quand Loriot apprit l'horrible nouvelle, il accourut.

Le médecin avait encore le dévouement de la jeunesse.

Il avait agi avec promptitude, avec initiative ; il était monté dans la chambre de Dolé pour y prendre du linge... Il avait vu devant la pendule la lettre qui portait le nom de Loriot.

— Monsieur, dit-il à l'émailleur, je ne sais s'il sera possible de sauver cette femme.

« Mon titre de médecin m'impose le secret professionnel. Cependant je me demande si je dois ajouter foi aux paroles de cet homme...

Et il montrait Gaspard.

— Je réponds de lui, monsieur, dit Loriot, c'est un honnête homme et un cœur dévoué.

— Il n'avait contre cette malheureuse femme aucun sujet de haine ?

— La haine, moi ! cria Gaspard. Pouvez-vous prendre ma vie en échange de la sienne ?

Le docteur attira Loriot à l'écart, et lui présentant la lettre :

— J'ai trouvé cette enveloppe là-haut, auprès du lit de cette pauvre martyre. Peut-être y découvrirez-vous la preuve du suicide... ou une explication quelconque...

Loriot regarda l'enveloppe avec stupeur. Il n'osait pas l'ouvrir. De grosses larmes coulaient sur ses joues.

— Lisez, je vous en prie, insista le médecin.

Loriot déchira le papier de ses mains tremblantes.

— Oui ! oui ! sanglota-t-il en tombant sur une chaise. Elle s'est tuée !...

Il y eut un instant de silence, troublé seulement par le râle sourd de la moribonde.

Loriot, hébété, se demandait ce que pouvait renfermer cette seconde enveloppe qui devait, disait Pauline, apporter la liberté à Dolé.

Tout à coup, il dit au médecin, en lui tendant la lettre qui lui était adressée :

— Lisez, monsieur.

Le médecin parcourut rapidement les lignes tracées par Pauline.

— Oui, fit-il. C'est bien un suicide. Pauvre femme ! Il faut lui obéir...

Loriot le regarda :

— Pourtant elle dit... dès que je serai morte !...

Le médecin laissa échapper un geste désespéré.

Elle râlait encore, quand sonna pour Loriot l'heure de se rendre à la prison.

Le médecin avait passé plusieurs heures auprès d'elle ; puis Loriot était allé lui-même chercher la mère de Dolé. Seulement il lui avait parlé d'un accident.

La vieille femme avait bien voulu le suivre, mais, dès qu'elle avait aperçu la malheureuse, dès qu'elle avait entendu ce ronronnement sinistre des bronches qui ne s'arrêtait pas, dès qu'elle avait vu cette masse d'ouate sanguinolente sous laquelle se cachaient la tête et les mains de la mourante, elle avait déclaré que cela lui faisait « trop de mal » et qu'il fallait prendre une garde-malade pour la veiller.

Elle voulait bien rester, mais elle se tiendrait dans une autre pièce et s'occuperait de Jacquet. Loriot dut réprimer son impatience et approuva cet arrangement. Une femme vint s'installer au chevet de Pauline. Mme Marthe était, par bonheur, une douce créature, habituée aux malades. Elle s'installa silencieuse dans un fauteuil. Loriot vit qu'il pouvait être tranquille. Si Pauline devait mourir, du moins rien ne lui manquerait jusqu'au dernier moment.

Il devait partir maintenant, pour aller là-bas.

Il ne se décidait pas. Une pensée le hantait. A qui s'adresser pour éclaircir un doute qui pesait sur sa conscience ?

Il vit Gaspard, qui s'était fait serviteur de la garde-malade et lui obéissait avec la docilité d'un enfant.

Il comprit que là, sous cette rude enveloppe, il y avait un cœur d'homme auquel on pouvait se fier.

Il l'appela et tous deux allèrent au jardin.

— Gaspard, dit Loriot, tu aimes bien Dolé... et tu aimais bien sa femme ?

Il parlait déjà d'elle au passé.

Gaspard inclina la tête en croisant ses deux mains sur sa poitrine.

— Pauline m'a laissé une prière... Elle me dit de remettre à Dolé, quand elle sera morte, une lettre que voici. Dois-je la donner aujourd'hui ?...

— Elle a écrit : Quand je serai morte ?

— Oui.

— Alors, il faut lui obéir... et ne pas remettre encore la lettre...

— Pourquoi me dis-tu cela ? demanda brusquement Loriot en regardant Gaspard en face.

Gaspard eut un mouvement d'épaules et se tut.

— Elle ajoute que, lorsque le juge d'instruction aura pris connaissance de cette lettre, Dolé sera libre...

— Libre ! alors c'est donc la preuve qu'il n'est pas coupable...

— Je n'en sais rien. Je te dis ce qui est écrit. Qu'en penses-tu ? Voyons, parle-moi franchement. Tu sais que j'aime Dolé et Pauline autant que toi. Je vais t'aider. Est-ce que tu n'as pas une idée sur le motif... qui a poussé Dolé à tuer ce Georges maudit ?...

— Non ! gémit Gaspard.

— Tu te défies de moi ; c'est mal. Réponds à une seule question. Est-ce que tu n'as pas supposé qu'il pouvait bien être ou avoir été jaloux de Georges à cause de Pauline ?... Tiens, suppose qu'il ait vu rôder ce bandit autour de la maison, qu'il ait cru qu'il en voulait à Pauline, qu'il soit allé lui chercher querelle, est-ce que ça ne serait pas tout naturel ?

Gaspard se taisait toujours.

— Alors... c'est peut-être pour cela que Pauline lui écrit... Ça doit te paraître bien étrange, comme à moi, qu'elle ait voulu se tuer... Ça n'est pas seulement parce que Dolé est en prison. Quand on se tue, c'est... qu'on a quelque chose à se reprocher...

— Mon Dieu ! mon Dieu ! fit Gaspard.

— Alors... elle croit sauver Dolé en avouant... je ne sais quoi ?... des enfantillages peut-être... que son imagination a grossis, parce qu'elle craint d'être la cause du malheur de Dolé...

Il était habile, malgré sa lourdeur, ce bon Loriot, tout aussi habile que le juge d'instruction.

— Es-tu bien sûr, continuait-il, qu'il ne se soit jamais rien passé... es-tu sûr que Dolé ne soupçonnait pas ?...

— Il n'a jamais rien su !... avoua Gaspard vaincu.

Loriot poussa un cri :

— Il y a donc eu quelque chose ?

— Ah ! tenez, s'écria Gaspard, vous me forcez à parler. C'est mal. J'aurais dû mourir plutôt que de prononcer un seul mot !...

— Mais c'est à moi que tu parles et tu sais bien que je suis un brave homme...

— Vous ne direz rien ?

— Rien !

— Pas même à Dolé ?...

— Non...

— Pas même à Dolé !...

— Je te le jure...

— Eh bien ! oui ! il y a eu quelque chose autrefois... C'est ce misérable Georges qui a joué son jeu de Judas !... Toujours lâche ! toujours traître !...

Loriot s'était arrêté, tout pâle. Il éprouvait la même douleur que s'il eût été le père de Pauline.

— Oh ! la pauvre femme ! disait Gaspard. Si vous saviez comme elle a eu du repentir !... On ne se défiait pas de moi. J'avais deviné, j'avais vu ! Et puis, quand le voleur a été jeté à la porte, ç'a été pour elle comme une délivrance ! J'ai compris tout cela... c'est à ce moment qu'il aurait fallu tuer ce Georges... et c'était moi qui devais l'écraser. J'ai été une bête ! et moi aussi, un lâche !

— Tu disais tout à l'heure, reprit lentement Loriot, que jamais Dolé n'avait rien su...

— Ça, j'en suis sûr !

— Alors pourquoi a-t-il tué Georges ?...

Gaspard resta interdit.

— C'est vrai, pourtant !...

— Il est évident qu'il a appris quelque chose, reprit Loriot, peut-être même par ce vantard lui-même. Georges en était bien capable. Alors Dolé, furieux, lui aura dit qu'il mentait... et l'aura tué !

— Oui, oui, ça doit être comme ça, dit Gaspard qui réfléchissait. Mais, s'il lui a dit qu'il mentait... il saurait alors par la lettre...

Loriot secoua la tête.

— C'est bien là mon idée. Elle s'est confessée avant de mourir, voilà la vérité.

— Mais, si M. Dolé voit que c'est vrai, ça sera bien plus douloureux pour lui.

— Je le crois aussi, il adore tant sa femme...

— Et elle le mérite ! Oh ! oui, si vous saviez comme elle a été bonne, dévouée ! Elle a fait une faute, et, pourtant c'est une sainte.

Loriot l'interrompit.

— J'en reviens à ma question : faut-il remettre la lettre ?

— Eh bien ! non, dit Gaspard, pas tant qu'elle sera vivante...

— Pourtant elle dit peut-être tout autre chose que ce que nous supposons...

— Tant pis ! Elle a écrit de ne la donner que quand elle serait morte !

— Tu as raison !

Loriot glissa la lettre dans sa poitrine.

— Vois-tu, jusqu'à la dernière minute, je la garderai... et, quand la pauvre femme aura rendu l'âme... alors je lui obéirai.

— Vous allez voir Dolé ?

— Oui.

— Que lui direz-vous de sa femme ?

— Qu'elle est malade... je parlerai d'un accident... Il saura la vérité assez tôt.

Dans leur candeur charitable, ces deux hommes rendaient inutile le sacrifice de Pauline.

Loriot, étant allé à Mazas, fut introduit dans une des horribles boîtes grillées que les prisonniers ont baptisées du surnom de *cages à singes.*

Ce fut à travers un double lacis de fer qu'il entrevit Dolé.

— Et Pauline ?

Ce fut le premier mot du prévenu. Quand on avait crié son numéro dans la longue galerie des cellules, il avait cru que sa femme venait le voir.

Loriot fut interdit. Ce cri était l'éclatante révélation d'un amour que nulle ombre n'avait troublé. Toutes ses hypothèses étaient ébranlées.

Loriot tint parole.

Il raconta l'accident, en l'atténuant. C'était en rangeant que Pauline avait fait tomber sur elle un peu d'acide sulfurique. Ce ne serait rien. Quelques jours de traitement suffiraient.

Mais il fut effrayé de l'effet produit sur Dolé par son pieux mensonge, si fort audessous de la vérité. Dolé cria qu'il voulait sortir, qu'on n'avait pas le droit de le retenir, qu'il voulait voir sa femme...

Loriot trouva enfin des mots pour le calmer, pour le rassurer.

— C'est que je l'aime tant ! fit Dolé. C'est ma vie... Sans elle, est-ce que je me défendrais ? Mourir en prison ou ailleurs, qu'est-ce que cela me ferait ?

Loriot lui parla de Jacquet. Dolé avait une pléthore de tendresses comprimées qui voulaient s'épandre. Il voulait que Loriot du moins lui amenât l'enfant dès le lendemain.

— Oh ! fit Loriot, tu voudrais qu'il te vit en prison !

— Bah ! puisque je suis innocent !

Loriot allait protester contre ces derniers mots, tenter d'obtenir un aveu. Mais les quelques minutes parcimonieusement mesurées étaient déjà écoulées. On emmena Dolé.

— La lettre de Pauline ne le sauvera pas ! pensait Loriot, et elle le rendra plus malheureux !

Et puis, il n'avait pas le droit de la remettre : Pauline n'était pas morte.

XII

Il fallait pourtant que Dolé apprît la vérité.

Au bout de quelques jours, la malheureuse Pauline vivait encore. Elle avait supporté des douleurs sans nom, elle avait pendant des nuits entières poussé des cris effrayants.

Etaient-ce même bien des cris humains que ces rauquements sinistres qui s'échappaient à travers ses lèvres brûlées ! C'était un spectacle affreux que celui de cet être dont le visage disparaissait sous une couche épaisse d'ouate et de linges. Mme Marthe, — quoiqu'elle eût assisté à bien des agonies, — avait besoin de tout son courage pour ne pas défaillir.

On avait mis Jacquet dans une petite pension. Madame mère avait déclaré qu'elle ne pouvait supporter cela et que, si cela continuait, elle retournerait chez elle.

Mais Pauline n'était pas morte.

Gaspard et Loriot se consultèrent. Dolé devait connaître l'état de sa femme ; mais toute idée de suicide devait être écartée. A quoi bon doubler sa torture? Puisque Pauline paraissait condamnée, du moins, qu'il pût la pleurer !

Loriot se décida donc à parler. Avec toutes les précautions imaginables, il raconta à Dolé l'accident et ses suites. L'impression fut effrayante. Sans voix, sans larmes, Dolé s'évanouit.

Puis il avait exigé que chaque jour le médecin lui fît parvenir un bulletin de la santé de sa femme.

Hélas ! on lui laissait peu d'espoir.

Alors il pleurait, il s'accusait d'imprudence.

Pourquoi avait-il laissé à sa portée des produits chimiques aussi dangereux ! Cela devait arriver un jour ou l'autre.

Et il s'écriait :

— Sauvez-la !... Quand même je serais condamné ; eh bien ! je serai soutenu par l'espérance de la retrouver.

Il avait dit à son avocat :

— Vaut-il mieux me déclarer coupable?... Oh ! si je pouvais par ce mensonge conquérir ma liberté !

Mais, un instant après, tous ses instincts d'honnête homme se réveillaient. Non ! il ne mentirait pas ! Il était innocent. C'était en innocent, la tête haute, qu'il devait sortir de prison.

Il avait demandé que sa mère lui amenât Jacquet.

L'instruction étant close, les rigueurs du secret avaient diminué, et madame mère avait obtenu l'autorisation de le voir au parloir de famille.

Là, du moins on n'est séparé que par une grille dont les barreaux sont assez éloignés l'un de l'autre pour que les mains puissent se serrer. Dolé avait embrassé son enfant.

Toutes les fois que retentissait dans la grande galerie de Mazas le cri d'appel qui lui annonçait une visite, il tressaillait et ressentait les affres d'une indicible terreur.

Pauline vivait-elle encore ?

Oui, elle vivait.

Il y avait déjà un mois que la malheureuse gisait sur son lit de tortures. La cicatrisation des effroyables brûlures commençait, mais ce qu'on ne lui disait pas, c'est que le médecin, — redoutant d'ailleurs tous les jours de nouvelles complications, — avait la presque certitude que les yeux de la pauvre femme étaient perdus.

De plus, l'esprit, la raison semblaient atteints.

Pauline restait inerte, dans un état de torpeur qui parfois ressemblait à la mort. Et de ses lèvres scarifiées pas une parole n'avait pu encore s'échapper.

L'œuvre de destruction, — contre laquelle luttaient la science et la nature, — était-elle donc irrémissiblement accomplie? Muette, folle, aveugle, était-ce là l'horrible châtiment réservé à la coupable?...

Madame mère, depuis que les crises avaient cessé, avait consenti à passer chaque jour quelques heures dans la chambre de la malade.

Elle restait là, silencieuse, sévère, couvant de sourdes irritations.

Ce n'était pas par humanité, par affection, qu'elle donnait à sa bru ces marques d'intérêt platonique.

Elle se résignait à accomplir ce qui n'était qu'un devoir.

Pour elle, c'était une maison maudite.

Où le crime était entré, elle n'était plus à sa place. Cette idée de voir son fils sur le banc des accusés la torturait. A ses yeux, tout le monde était responsable, Pauline, Loriot, Gaspard.

Elle s'était jetée dans la dévotion, estimant qu'elle devait d'autant plus se purifier, que les autres étaient plus coupables. Elle se confessait avec une sorte de colère, comme pour se prouver à elle-même qu'elle n'avait rien de commun avec ces criminels.

Madame mère avait subi le mariage de son fils, avait subi Pauline, subissait même l'enfant qu'on ne lui avait pas permis d'élever à sa guise. Elle se considérait comme une vaincue, avait les révoltes d'une défaite imaginaire et les vagues espérances d'une revanche.

On ne lui avait pas avoué le suicide, mais l'accident lui apparaissait comme une punition du ciel... Quel crime avait motivé cette punition, elle l'ignorait.

Cependant elle cherchait. Elle devait trouver...

L'instruction avait marché rapidement.

Le juge, estimant qu'une plus longue prévention n'apporterait aucune lumière aux débats, avait conclu au renvoi de Dolé devant les assises. La chambre des mises en accusation avait rendu son arrêt, et, les rôles étant peu chargés, l'affaire Dolé avait été inscrite parmi les premières de la session.

C'était donc à peine cinq semaines après son arrestation que l'émailleur allait comparaître devant ses juges.

Loriot n'avait pas cessé de rendre à Dolé de fréquentes visites.

Une fois par semaine environ, madame mère, allait à Mazas. Cependant, trois jours avant la comparution de son fils devant le tribunal, elle resta absente pendant toute une journée. Gaspard l'avait vu entrer le matin dans l'église où elle faisait de longues stations quotidiennes.

Le lendemain, Loriot reçu un billet de Me Lecroix.

En termes pressants, l'avocat l'appelait à son cabinet.

Loriot y courut, se sentant le cœur serré, redoutant une complication nouvelle.

L'avocat lui dit alors que depuis la veille l'attitude de Dolé semblait complètement modifiée.

Etait-ce du désespoir? Etait-ce de la colère? Me Lecroix ne pouvait se prononcer.

A toutes les questions, à toutes les exhortations, Dolé avait répondu par des haussements d'épaules et des ricanements.

— J'avais cru d'abord, dit l'avocat, qu'il se décidait enfin à avouer. Mais à mes nouvelles ouvertures dans ce sens, il a déclaré — d'une voix irritée, — qu'il entendait se passer de conseils, qu'il m'invitait à abandonner sa défense, qu'il saurait bien m'empêcher de parler... que sais-je? On eût dit qu'il était en proie à un accès de folie. Mes paroles, — si douces, si encourageantes qu'elles fussent, — ne parvenaient qu'à l'exaspérer. Ce n'était plus le même homme...

— Et vous n'avez conçu aucun soupçon, demanda Loriot, sur le motif de ce brusque changement?...

— Non, en vérité. Cependant, j'ai fait une singulière remarque...

— Laquelle?...

— Il ne m'a pas demandé des nouvelles de sa femme!...

Loriot tressaillit.

— C'est bien étrange, en vérité. Attendez. Il faut que j'en aie le cœur net.

Sans perdre une minute, Loriot se rendit à Mazas. Là il apprit que le prisonnier venait d'être transféré à la Conciergerie. Il était trop tard pour pénétrer dans cette prison. Loriot fut contraint de remettre sa visite au lendemain.

En entrant à la maison Dolé, il trouva Gaspard qui lui annonça un fait singulier.

Madame mère n'avait fait qu'une courte apparition, avait refusé d'entrer dans la chambre de la malade, puis après avoir réuni en un paquet ce qu'elle avait apporté dans la maison, ses tricots, ses aiguilles, elle s'était retirée sans vouloir répondre aux questions de Gaspard.

Elle avait seulement déclaré qu'elle ne reviendrait pas.

Au premier moment, Loriot n'attacha pas grande importance à ce caprice.

— La vieille a ses lubies, dit-il.

Mais le lendemain lui réservait une nouvelle et douloureuse surprise.

Quand il se présenta à la Conciergerie, muni d'une permission en règle, il lui fut répondu que le prévenu Dolé refusait absolument de le voir.

Il avait déclaré qu'il ne recevrait, ni lui ni personne.

Que s'était-il donc passé? En vain, il se torturait l'esprit.

Ah! si Pauline avait pu parler! Si seulement elle avait été capable d'entendre, de s'exprimer par signes! Elle aurait pu lui donner un conseil.

Mais la torpeur persistait, et les médecins déclaraient qu'à moins d'un miracle cet état se prolongerait encore pendant deux semaines peut-être.

Loriot perdait la tête. Il devinait une catastrophe et se désolait de son impuissance à la prévenir.

La journée passait. C'était avant vingt-quatre heures que Dolé comparaîtrait aux assises.

Gaspard et Loriot se sentaient maintenant épouvantés de ce qu'ils avaient fait en supprimant la lettre de Pauline. Avaient-ils aggravé la situation?...

Vers quatre heures, arriva un nouveau billet de Me Lecroix.

— Je suis très inquiet pour votre ami, disait l'avocat. Il m'a presque insulté, je devine que demain, devant le tribunal, son attitude sera déplorable. Je n'ai pu rien apprendre. Cependant tâchez de savoir ce qu'il a dit à sa mère. C'est elle qu'il a vue en dernier lieu, il y a deux jours, et peut-être par elle apprendrez-vous quelque chose.

Gaspard s'écria:

— Elle! ... ! je me suis toujours défié !... elle aura manigancé quelque traîtrise !

— Que veux-tu dire? demanda Loriot.

— Je n'osais pas la surveiller, et pourtant... j'aurais bien fait. Je me suis aperçu que, pendant que la garde la laissait seule dans la chambre de Mme Dolé, elle fourrageait dans les meubles, dans les robes...

Loriot ne dit rien. Il prit son chapeau et courut chez madame mère.

Elle n'était pas chez elle. Elle avait déclaré qu'elle allait pour quelques jours dans le couvent de Sainte-Hilarienne, rue de Sèvres, pour y faire une neuvaine.

— Et elle abandonne son fils! s'écria Loriot. Oh! décidément, c'est donc une mauvaise femme...

Il était résolu maintenant. Il la verrait, quand même elle s'enfermerait sous les triples verrous d'un cloître. Oui, c'était de là que le coup partait: il saurait bien la contraindre à avouer ce qu'elle avait fait.

Il vit la supérieure, il lui expliqua que de cette entrevue dépendait peut-être la vie d'un homme.

La sœur, grave et austère, répondit que Mme Dolé avait exprimé la volonté formelle que nul ne la troublât dans ses méditations religieuses...

Loriot « se tint à quatre » pour ne pas laisser échapper une parole malsonnante.

Il se sauva et revint trouver Gaspard.

La question subsistait tout entière. La lettre ! La lettre ! Fallait-il la remettre à Dolé !... si, en s'abstenant ils le perdaient ?...

Loriot pleurait comme un enfant.

— Venez, dit Gaspard, nous interrogerons Mme Dolé.

C'était par une sorte de superstition qu'ils sentaient cela. Elle n'avait pas encore prononcé une parole ! Elle n'avait même pas paru entendre ce qui se disait autour d'elle!...

Ils entrèrent dans sa chambre. Mme Marthe était là, avec son doux visage rayonnant de patience. Cette bonté sublime, l'inaltérable dévouement de cette créature qui s'abandonnait elle-même pour ne songer qu'à celle qui souffrait, firent naître dans l'esprit de Loriot une pensée subite...

De la lampe, voilée d'un abat-jour opaque, glissait sur le bonnet blanc de la garde une lueur vague, qui s'étendait jusqu'au lit où gisait immobile la souffreteuse. Loriot eut cette illusion que ces deux êtres se confondaient en un seul... Loriot n'était pas un sentimental ; mais cette patience bienfaisante était imposante.

— Madame, dit Loriot, je veux vous demander un conseil, en face de cette pauvre femme qui est là et qui ne peut me répondre... Je m'adresse à vous comme je m'adresserais à elle...

Mme Marthe le regarda avec surprise.

— Un conseil, à moi? dit-elle. Si je puis vous le donner, je le ferai. Mais parlez-lui, peut-être vous entendra-t-elle.

— Soit, mais écoutez bien. Vous êtes une honnête femme et un bon cœur... ce que vous nous direz de faire, nous le ferons...

D'un geste doux, la garde-malade lui désigna la pauvre femme, pour l'inviter à se tourner vers elle.

— Pauline, dit Loriot d'une voix grave, lorsque vous avez voulu mourir...

Mme Marthe eut un tressaillement, puis elle resta immobile.

— ... Vous avez laissé sur la cheminée une lettre adressée à moi, Loriot, à moi, votre ami, — presque votre père, — avec ordre de la remettre à Dolé, votre mari, quand vous seriez morte. Gaspard et moi, nous avons cru qu'il fallait exécuter vos ordres à la lettre... Vous étiez vivante... vous étiez sauvée... nous ne devions pas remettre votre lettre à Dolé... Maintenant, nous avons peur d'avoir mal agi. Dites-nous... cette lettre... je l'ai gardée. Faut-il, oui ou non, la donner à Dolé? Si vous m'entendez, au nom de votre mari, au nom de votre enfant, répondez-moi... je vous en conjure... par un signe, que sais-je !... Vous aimez tant Dolé. Dites-nous si, — en gardant cette lettre, — nous ne l'avons pas perdu. Encore une fois, Pauline, mon enfant, ma fille, je t'en supplie... oui ou non ?...

La voix de Loriot avait pris un accent solennel : puis, quand il eut achevé, le silence fut si profond qu'on eût entendu le battement de ces cœurs que poignait l'angoisse...

Pauline ne bougeait pas. C'était toujours l'immobilité sinistre de la mort.

Cependant il semblait que sa respiration se fût tout à coup élevée.

— Attendez... dit Mme Marthe.

Elle écarta doucement Loriot, puis se courbant sur le lit, approchant ses lèvres de ces bandeaux sous lesquels l'œuvre de décomposition s'accomplissait, courageuse et simple, de sa voix aux intonations maternelles, elle répéta presque mot à mot les paroles de Loriot.

Et elle ajouta, elle aussi :

— Mon enfant, ma fille, je vous en supplie... faut-il que cette lettre soit remise à votre mari, oui ou non ?...

Alors un frisson parcourut tout le corps de la malade. Il y eut dans ce pauvre organisme un effort immense... et, à travers une sorte de râle sanglotant, ce mot s'échappa :

— Oui ! oui ! oui !

Avait-elle compris? Était-ce bien sa volonté qui parlait?

Elle était retombée en arrière, mais la garde l'entourait de ses bras et lui avait posé les lèvres sur les cheveux...

Elle ne vit pas Loriot qui s'était agenouillé... mais elle sentit les pleurs de l'honnête homme qui mouillaient sa main.

Quelques instants après, Loriot et Gaspard sonnaient à la porte de Me Lecroix.

XIII

L'affaire Dolé n'avait pas eu les honneurs d'une publicité à grand orchestre.

Elle ne dépassait pas les proportions d'un fait divers.

Aux bancs de la presse, à peine deux ou trois rédacteurs judiciaires, appartenant aux journaux spéciaux.

Aux bancs du public, quelques témoins de l'affaire précédente qui, ayant une heure à perdre, restent là pour tuer le temps, quelques passants qui se sont dit : Tiens, si nous entrions un instant là dedans.

Et c'était tout.

L'affaire Dolé ne venait qu'au second rang. Mais Loriot et Gaspard étaient arrivés de bonne heure, impatients de savoir ce qui s'était passé entre Me Lecroix et le prisonnier.

Ils durent assister aux débats d'une affaire où l'accusé, récidiviste endurci, réclamait son envoi à « la Nouvelle » et, n'ayant obtenu que dix ans de réclusion, se jeta sur les gardes avec un élan furieux.

Il était midi. Il y eut suspension d'audience.

Des groupes circulaient entre les bancs.

Il y avait le ferrailleur de la rue des Cinq-Diamants, des débitants qui avaient connu Georges Rives, une femme qui avait été sa maîtresse, et qui riait en mordant dans un morceau de pain

Loriot était assigné, mais non Gaspard.

Me Lecroix avait obtenu qu'on entendît, à la décharge de Dolé, quelques-uns de ses anciens compagnons de travail.

Soudain une petite porte s'ouvrit dans le mur de droite, un garde parut, puis derrière lui Dolé. Deux autres gardes le suivaient.

La main de Gaspard s'abattit sur le bras de Loriot et la serra à y imprimer les ongles.

Dolé semblait vieilli.

Il tenait les yeux à demi fermés.

Un des gardes lui indiqua sa place. Il enjamba le banc et s'assit, puis pencha son front sur sa main.

Il n'avait pas regardé dans la salle.

L'huissier cria :

— La cour, messieurs.

Les chuchotements cessèrent subitement. On se découvrit.

Au même instant, Me Lecroix entra par la porte du public, suivi de quelques avocats et de jeunes stagiaires qui prirent place dans le prétoire. Me Lecroix alla à son banc, déposa sur la planchette son volumineux portefeuille, retroussa ses manches, puis se retournant chercha Loriot et, l'ayant aperçu, l'appela d'un signe.

Loriot, obéit, il chancelait et faillit tomber.

— Eh bien ? demanda-t-il d'une voix tremblante.

— Je ne sais rien, répondit l'avocat. Je lui ai remis la lettre, mais il a refusé de la lire devant moi. Tout à l'heure je l'ai interrogé encore une fois. Il a refusé de me répondre. Regardez-le ! C'est l'attitude du découragement, du désespoir. Je crois qu'il s'emportera, qu'il niera violemment. Je suis très inquiet. Si ce n'était pour vous, Loriot, j'aurais remis le dossier à un de mes confrères.

— Oh ! monsieur Lecroix !

— Je plaiderai... mais, je vous répète, je suis inquiet. Eloignez-vous... je n'ose vous dire d'espérer.

A l'entrée de la cour, Dolé, sur l'avertissement du garde, s'était levé, se tenant droit, le visage tourné vers le tribunal. Loriot vit seulement qu'il était très pâle.

Les premières formalités furent rapidement accomplies.

Le greffier lut l'acte d'accusation, de cette voix monotone et incompréhensible qui fait partie, à ce qu'il paraît, de l'appareil de la justice.

Dolé avait repris sa première attitude, ayant la tête inclinée, paraissant ne rien voir et ne rien entendre.

Les témoins furent appelés et durent se retirer dans la salle voisine. Gaspard resta seul, stupéfié, pleurant des larmes qui restaient suspendues et obscurcissaient sa vue.

Des douze jurés, pas un qui méritât une remarque particulière. Indifférents, ils paraissaient au moins impartiaux.

— Dolé, levez-vous, dit le président.

L'interrogatoire allait commencer.

Dolé s'appuya des deux mains sur la barre puis se souleva, déployant lentement sa haute taille.

A ce moment, il tourna la tête vers la salle et l'embrassa tout entière d'un rapide coup d'œil.

Détail singulier : sa pâleur avait disparu. Il semblait que tout son sang affluât subitement à son visage amaigri, qu'éclairaient maintenant des yeux brillants et largement ouverts.

Me Lecroix se pencha vivement vers lui et lui adressa quelques mots à voix basse, sans doute pour lui conseiller le calme. Dolé ne lui répondit que par un geste ; mais, de ce geste, la signification n'était pas douteuse.

Il rassurait l'avocat, en même temps qu'un étrange sourire passait sur ses lèvres.

— Dolé, reprit le président, vous avez entendu la lecture de l'acte d'accusation, et vous connaissez les charges qui pèsent sur vous. Jusqu'ici, la justice le reconnaît, votre conduite n'a donné lieu à aucune plainte. Tous ceux qui vous connaissent vous tiennent pour un bon travailleur, pour un honnête homme.

« Cependant vous êtes sujet à des accès de violence, et il vous est arrivé de menacer et même de maltraiter les apprentis placés sous vos ordres. Vous êtes marié, vous avez un enfant, votre profession devrait vous assurer la vie facile ; car vous êtes habile et vous pouvez gagner largement de quoi subvenir à vos besoins et à ceux de votre famille. Mais vous êtes ambitieux, et cette ambition se complique chez vous de la passion inventive. Cette passion, — honorable en soi, — a eu pour vous des résultats fatals. En premier lieu, elle vous a poussé plusieurs fois déjà sur le penchant de la ruine, et vous avez épuisé en recherches stériles le petit capital dont vous disposiez à l'époque de votre mariage. En second lieu, — et c'est ici le point sur lequel j'appelle votre attention, — elle a surexcité en vous des sentiments d'envie, de colère, de défiance et de haine. Vous attachiez à vos découvertes, — réelles ou supposées, — une importance telle, que l'homme qui vous aidait dans votre travail vous était suspect, et que, sur des soupçons plus ou moins fondés, vous le chassiez brutalement. Ce n'est pas tout : vous lui attribuiez un acte criminel, vous l'accusiez de vous avoir dérobé ce que vous appeliez vos secrets. Pendant de longues années, vous nourrissiez contre lui des projets de vengeance. Alors même qu'il essayait de rentrer dans vos bonnes grâces, alors qu'il faisait appel à votre amitié, c'était dans les termes les plus violents que vous le menaciez de mort. Enfin, ce malheureux était trouvé un jour assassiné. Auprès de lui gisait un revolver, bientôt reconnu pour vous appartenir. Ayant satisfait votre haine, vous aviez négligé de prendre les précautions les plus élémentaires. Aussi la justice put-elle facilement retrouver et suivre votre trace. Mis en état d'arrestation, vous avez nié, contre l'évidence, avec un acharnement dont les annales judiciaires offrent peu d'exemples, en pareilles circonstances. Pendant l'instruction, vous ne vous êtes pas départi de ce système. Aujourd'hui, Dolé, je fais appel à votre franchise. Soyez calme, défiez-vous de tout emportement, écoutez la voix de votre conscience, la voix du remords qui vous engage à confesser votre crime... Je connais trop bien l'honorable et éminent défenseur qui vous a prêté son appui pour ne point être certain qu'il vous a adjuré de dire la vérité, toute la vérité... Rappelez-vous ses conseils, écoutez ceux du tribunal... Et maintenant, Dolé, êtes-vous prêt à répondre ?

— Je suis prêt, dit Dolé d'une voix ferme.

Le président, M. Lannet de Virville, était un homme intègre, peut-être un peu trop beau parleur, mais connu au Palais pour ne pas chercher ces faciles triomphes dont quelquefois le prétoire a vu le scandale.

Il consulta ses notes et reprit :

— Dolé, reconnaissez-vous avoir frappé d'un coup de revolver le nommé Georges Rives ?

Clairement, mais sans forfanterie, Dolé répondit :

— Oui, monsieur le président.

Il y eut un cri dans l'auditoire. C'était Gaspard qui l'avait poussé.

Cri de regret, presque de désespoir, car pour lui, avouer, c'était être condamné.

Me Lecroix s'était dressé stupéfait.

Dolé reprit, calme :

— Oui, je reconnais avoir tué cet homme, et je suis prêt à donner au tribunal, toutes les explications qui me seront demandées.

Le président n'avait pu réprimer lui-même un tressaillement de surprise. Quand il s'était rendu à la prison pour interroger l'accusé, celui-ci avait semblé dans un état de prostration tel, qu'il avait cru devoir l'encourager tout d'abord par une allocution presque paternelle.

En vérité, son succès subit et imprévu l'étonnait au delà de toute expression. Mais étant homme, aucune des faiblesses humaines ne lui était étrangère ; et il se sentit flatté de la victoire qu'il attribuait naturellement à l'influence de sa parole.

Ce fut donc avec une aménité, — peut-être excessive, — qu'il dit à Dolé :

— Je ne puis que vous engager à marcher jusqu'au bout dans la voie où vous venez d'entrer. Voulez-vous faire connaître à MM. les jurés les circonstances qui ont accompagné le crime, ou préférez-vous que je vous interroge ?...

Dolé sembla hésiter. Mais, avec un geste de décision :

— Je parlerai, monsieur le président. Seulement, — ainsi qu'on le comprendra facilement, — je me trouvais à l'heure du meurtre dans un état de surexcitation qui peut troubler encore ma mémoire. Je ne mentirai pas, mais si je me trompe, je suis tout prêt à reconnaître mon erreur.

Il parlait posément, les yeux fixés devant lui. On eût dit qu'il cherchait à se retracer, — en imagination, — la scène de la rue des Cinq-Diamants.

— Parlez, dit le président, parlez sans rien cacher.

— Voilà, monsieur. C'est vrai que je détestais profondément Georges Rives. Mais nul ne peut savoir le mal qu'il m'a fait.

Il eut une sorte de hoquet et répéta sourdement :

— Non, personne ne le saura jamais.

Il passa sa main dans ses cheveux grisonnants. Puis, secouant vivement les épaules comme s'il eût rejeté un fardeau trop lourd, il reprit d'une voix plus haute :

— Je vous jure qu'il m'a volé un secret de fabrication que j'avais cherché depuis près de dix années... Je ne suis pas un fou. Ce que je veux réaliser n'est qu'un progrès d'art industriel. Il doit y avoir des fabricants parmi les jurés, ils savent comme moi qu'un procédé, nouveau, peut quelquefois transformer toute une industrie...

Un des jurés inclina la tête en signe d'assentiment.

— Ne vous adressez pas à MM. les jurés, fit le président. Et de plus, veuillez abréger ces détails.

— Je vous demande la permission de dire tout ce que j'ai fait... Car, c'est une de mes excuses, bien réellement, monsieur le président, j'avais sacrifié à ces recherches presque tout ce que je possédais... Vous interrogerez M. Loriot, il vous dira, — c'est un grand fabricant de céramique, — que je lui avais parlé de mon projet, et que tout à coup il a été réalisé par des concurrents.

— Qui peuvent l'avoir découvert en même temps que vous...

— Non, non ! j'en suis sûr. Et puis, quand j'ai chassé Rives, il m'a avoué impudemment sa trahison... Mais alors j'étais seul avec lui et je ne puis pas le prouver. Bref, j'étais ruiné !... et sans ma... (il respira longuement).., sans ma femme, je ne me serais jamais relevé... Vous comprenez bien que j'étais hors de moi. Pendant quelque temps je cherchai Georges... Je ne sais ce que je voulais, mais j'avais besoin de passer ma colère... Je me remis au travail, et cette fois encore, M. Loriot pourra vous dire...

— Venez au fait, interrompit le président.

— J'y arrive... Donc je n'avais rencontré Georges qu'une seule fois, sur le boulevard, et je lui avais tourné le dos.., il avait son projet, il voulait rentrer chez moi... C'est alors qu'il m'écrivit et que je lui répondis la lettre qu'on a trouvée...

— Cette lettre contenait une menace de mort...

— C'est vrai, quoique ces mots : « Je vous tue comme un chien » en disent plus qu'ils ne signifiaient. Je ne pensais pas à le tuer. Je voulais qu'il me laissât tranquille. J'étais alors tout entier à un nouveau travail qui était bien près de réussir quand on m'a arrêté...

Il se tut un instant. Il arrivait, quoique par de longs détours, au point capital.

Lui, innocent, comment donc allait-il raconter le crime?

— Précisons, dit le président, vous vous perdez dans les détails. Ainsi, vous affirmez que, jusqu'au dernier jour, vous n'aviez pas eu l'intention de tuer Rivos...

— Je l'affirme, et la preuve...

— MM. les jurés apprécieront. D'après votre propre version, il paraît alors qu'un motif nouveau, un incident récent vinrent tout à coup réveiller votre colère...

— C'est vrai, monsieur le président...

— Quel est cet incident?... Vous vous taisez?... Songez-y bien. Vous vous efforcez d'écarter la circonstance de préméditation que l'accusation relève contre vous, et qui ressortirait de ce fait d'une vengeance ajournée pendant de longues années, et éclatant le jour où vous croyez pouvoir accomplir votre crime lâchement et avec impunité...

— Lâchement! s'écria Dolé, avec une explosion subite. Non! non! je le dis, je le répète, je ne voulais pas le tuer... Je ne pensais plus à me venger...

— Encore une fois alors, faites connaître à MM. les jurés l'événement soudain qui a ravivé vos souvenirs, qui a rallumé votre colère...

Dolé tourna ses regards vers l'auditoire. Son visage semblait décomposé. Cet homme devait endurer d'horribles tortures.

Et qui donc eût deviné qu'au moment de proférer un mensonge, celui qu'on appelait un assassin souffrait à crier...

Mais il vit Gaspard! Une vision passa devant ses yeux, il se redressa encore une fois comme le soldat qui se décide à mourir et répondit:

— Vous avez raison... il faut tout dire!...

Ce fut alors d'un ton saccadé, vibrant, rapide, qu'il continua:

— Ce misérable voyant qu'il ne parvenait pas à son but en s'adressant à moi avait imaginé un autre moyen... un moyen infâme. Vous avez dit que j'étais marié, monsieur le président. Oui, j'ai la femme la meilleure, la plus dévouée! Elle m'aime et je l'aime... Depuis plus de douze ans que nous vivons ensemble, elle m'a donné toutes les preuves de dévouement... Pour moi, elle s'est tuée à travailler. Et elle n'est pas forte... Vous savez qu'il lui est arrivé un accident et peut-être à l'heure où je vous parle...

Les sanglots lui montaient à la gorge, l'étouffaient. Mais de sa voix rauque, il parlait comme s'il eût hâte d'en finir.

— Eh bien! cet homme... pour que ma femme m'engageât à lui céder... cet homme la menaçait de la dénoncer, à moi, son mari...

Il eut un spasme si violent que la voix lui manqua:

— Achevez, dit le président.

— ... Comme étant sa maîtresse, hurla Dolé.

Oui, c'était un véritable hurlement. Ce mot hideux semblait déchirer sa bouche, ses lèvres. En réalité, pendant un instant, ce doux homme fut effrayant.

— Il lui a écrit cela, entendez-vous bien!... à ma femme, à ma Pauline, qui peut-être meurt en ce moment... J'ai intercepté la lettre... par hasard! Oh! je ne surveillais pas sa correspondance... puisque je vous dis que c'est l'honnêteté même.

« Cette lettre, j'ai eu le courage de la garder dans ma poche pendant toute une journée, chez Loriot, pendant que je travaillais avec lui... Elle me brûlait... et puis, voyez-vous, j'avais la fièvre... Je suis sorti avec le contremaître, qui m'avait fait prendre un verre d'eau-de-vie. Quand je l'ai quitté, je voyais trouble... alors l'idée de la lettre m'est venue... Rives avait donné son adresse... je me suis dit: je vais aller chez lui! et je le forcerai à dire qu'il a menti!...

Dolé étendit le bras vers les jurés:

— Car il avait menti! Il insultait la femme, la mère... et par le cynisme même de ses menaces, — par la surprise, par l'épouvante qu'elles devaient lui causer, — il croyait avoir bon marché d'elle... Elle n'a pas de résistance, et pour m'éviter un ennui... elle eût peut-être obéi à ce misérable!... Tu veux que ma femme aille chez toi, pensai-je, eh bien! tu vas être bien étonné et c'est moi qui irai!

— Alors, vous vous êtes rendu chez Rives? prononça le président qui voulait abréger le récit.

— Oui, haleta Dolé qui avait au front de larges gouttes de sueur. Dans la lettre, il avait donné des indications précises... qui prouvaient bien d'ailleurs que jamais ma femme n'était allée chez lui... C'était au numéro cinq, au second. J'ai monté l'escalier. Dame! je ne cache rien, j'étais exaspéré!... Tant que cet homme n'avait volé, n'avait insulté, n'avait trahi que moi, j'avais pu patienter, presque oublier... Mais il touchait à ma Pauline! C'était trop. Nous supportons bien des choses, nous autres hommes. Mais nos femmes ou nos filles, c'est sacré! J'ai frappé à la porte... il m'a ouvert! Maintenant, sur mon honneur, sur ma vie, sur celle de ma femme qui a peut-être rendu, à cette heure même, le dernier soupir... je vous jure que je n'avais pas de revolver sur moi!... Non! cette arme... c'était lui qui l'avait. Il l'avait prise autrefois, tout en riant, en ami, chez moi. Mais elle étan sur la cheminée chargée... je ne le savais même pas. Je l'ai traité comme il le méritait. Il a eu peur d'abord, je lui ai dit: « Vous allez vous mettre à cette table et m'écrire que vous êtes un calomniateur et un lâche. » Je vous dis qu'il avait peur... il s'est mis à sa table et à écrit mon adresse sur l'enveloppe, mais, tout à coup pris de rage, il s'est tourné vers moi: « Non, je n'écrirai pas, » s'écria-t-il. Écoutez, ai-je dit: « Vous êtes malheureux. Vous voulez faire du chantage. C'est ignoble. Pourtant, j'ai pitié de vous. Partez, allez-vous-en que

jamais je n'entende plus parler de vous !... »
« J'avais sur moi mille francs pour aller
payer une échéance. Je lui ai tendu le billet. Il l'a pris, l'a plié et l'a mis dans sa
poche. Il était toujours assis. « Eh bien !
a-t-il dit, je vais vous donner le certificat...
d'honnêteté que vous demandez ! Seulement,
vous savez, entre nous, vous n'en êtes pas
moins !... » il prononça un mot ignoble, infâme, un hideux mensonge. Je n'y vis plus
clair... l'arme se trouva sous ma main...
je la lui appliquai au crâne et je tirai... puis
je m'enfuis. Maintenant... vous savez toute
la vérité... je ne puis plus parler... faites de
moi ce que vous voudrez !
Et il retomba sur son banc.
Pour quiconque aurait comparé ce récit
avec la réalité même, pour quiconque surtout aurait su que cet homme mentait, en
vérité, cette adaptation était un véritable
chef-d'œuvre...
Etait-ce donc pour cela que depuis trois
jours Dolé réfléchissait en refusant de parler ?...
Toute circonstance, toute objection trouvaient leur riposte.
L'enveloppe portant le nom et l'adresse de
Dolé, le billet de mille francs, la position
du cadavre, tout était expliqué.
Un seul point restait douteux.
Le président le releva aussitôt.
— Vous prétendez donc, dit-il après avoir
attendu un instant, que vous avez tué Rives dans un accès de rage, justifié, selon
vous, par une lettre calomniatrice adressée
par lui à votre femme?
« Je ferai observer à MM. les jurés que
jusqu'ici Dolé a nié le crime, qu'il s'est refusé à toutes explications et qu'en consé-
quence nous ne devons accepter ses asser-
tions actuelles qu'avec la plus extrême ré-
serve... J'irai plus loin : Me Lecroix ne serait-
il pas d'avis qu'en raison de ces faits nouveaux il y aurait lieu de renvoyer l'affaire
à une autre session?...
Un coup d'œil, un seul, fut échangé entre Dolé et son défenseur.
— Monsieur le président, dit l'avocat, cet
homme a tant souffert que ce serait une
cruauté que de lui imposer une prévention
nouvelle de plus ; il me paraît que ses affirmations, ainsi que Je trouve le tribunal semble
l'avoir apprécié, reposent sur un fait matériel... qui, s'il était prouvé, établirait par
lui-même la sincérité de la déclaration...
— Monsieur l'avocat général? interrogea
le président, en s'inclinant du côté du ministère public.
— Je partage l'avis de l'honorable défenseur... et, ne voulant pas empiéter sur les
fonctions de M. le président, je m'abstiens
de formuler la question qui, je le devine,
est en ce moment sur ses lèvres...
Dolé voulut parler. Me Lecroix lui ordonna le silence. C'était cependant la partie
suprême qui se jouait en ce moment.
— Dolé, dit le président d'une voix solen-
nelle, vous savez que nul n'a le droit de se
faire justice soi-même... Quelles que soient

les fautes d'un homme, nul ne peut les pu-
nir de sa propre autorité. Je sais, je sens
toute la valeur de l'excuse dont vous prétendez vous prévaloir. On avait insulté votre femme, et vous auriez obéi à un égarement passager. Mais cette affirmation de
votre part, — alors même qu'elle sera re-
connue exacte, — ne vous fera point moins
coupable. Quelle preuve en pouvez-vous
donner? Cette lettre calomniatrice, — nous
voulons croire, — où est-elle?
— La voilà ! dit Dolé, qui tira de sa poche un papier et le présenta au greffier qui
s'était avancé.
Dans l'auditoire, il y eut un cliquetement
d'exclamations. Les quelques femmes qui
étaient là, profondément émues, s'agitaient
et admiraient Dolé.
Du banc des jurés, les mains se tendaient
vers la lettre.
Le président, conservant son sang-froid,
avait ouvert son dossier, et, feuilletant des
papiers, se penchait vers les assesseurs en
leur montrant la pièce subitement interve-
nue aux débats.
L'émotion grandissante dégénérait en bruit.
— Huissier, dit le président, faites faire silence.
La voix avait glapi, le président reprit :
— Nous avons dû d'abord comparer cette
lettre à d'autres papiers saisis chez la victime. Sans que le concours d'experts soit
nécessaire, le tribunal pense que cette lettre a bien été écrite par le nommé Georges
Rives... M. l'avocat général croit-il devoir
contester l'origine de cette lettre?
Le « ministère public » s'inclina respec-
tueusement.
— Et la défense ? demanda encore le président en se tournant vers Me Lecroix.
— La défense a toute confiance dans l'impartialité du tribunal, prononça l'avocat.
— Voici la teneur de cette lettre, reprit
M. de Virville.
Il lut la lettre de Rives à Pauline, sur
laquelle s'ouvre notre récit.
Chacune de ces phrases odieuses avait
été ponctuée par les murmures de l'audi-
toire, et, quand la lecture fut achevée, une
véritable explosion de colère et de dégoût
éclata dans la salle...
Un des jurés prit la parole :
— Cette lettre, d'après son texte même, a
été précédée de plusieurs autres... M. le
président voudrait-il demander à l'accusé
où sont celles-là...
— Je les ai détruites, déclara Dolé.
— Aucune d'elles n'était parvenue entre
les mains de votre femme?...
— Aucune...
— Et vous ne lui en avez pas montré une
seule?...
Dolé pâlit légèrement :
— Monsieur le président, dit-il froidement,
je crois vous avoir dit que je respecte profondément ma femme...
Il y eut quelques applaudissements, aussitôt réprimés par une admonestation du
président.

— Dolé, reprit le magistrat, je vous adresserai encore quelques questions...

« Certaines expressions de cette lettre, dit M. de Virville, sont obscures et demandent explication. Ces mots, — repentir, — ingratitude, — reconnaissance, — contiennent une allusion à des faits passés... Rives dit encore : « Je n'entends ni me repentir, ni surtout oublier... » Quel sens attribuez-vous à ces phrases bizarres ?...

Encore une fois, Dolé parut prêt à succomber aux angoisses qui le tenaillaient ; mais, encore une fois, retrouvant toute son énergie :

— Dans la querelle qui a fini... comme l'on sait, j'ai interrogé ce misérable !... C'est horrible de répéter ces choses-là ! Mais il le faut : Rives voulait à tout prix que ma femme vînt chez lui... Comment l'aurait-il contrainte à aider ses projets ? je ne veux pas, je n'ose pas le deviner ! Il m'a dit, à moi : « Parbleu ! plus mes lettres contenaient de mystérieuses menaces, plus Mme Dolé devait être épouvantée... plus j'étais certain qu'elle viendrait. »

— Mais l'accusé est-il bien sûr, demanda encore un des jurés, que sa femme n'ait jamais tout au moins encouragé ?...

Il n'acheva pas. Un tolle d'exclamations retentit dans l'auditoire.

— Ma femme se meurt ! et je l'aime ! cria Dolé, qui cacha son visage dans ses mains...

— L'interrogatoire est terminé, prononça le président, nous allons procéder à l'audition des témoins.

Dolé s'affaissa sur son banc.

Les tortures qu'il venait de subir, ces déchirements de la conscience, du cœur, de l'être tout entier qu'il venait de s'infliger, l'avaient brisé. Cette âme saignait.

Me Lecroix se pencha vers lui pour lui adresser des paroles d'encouragement. Il secoua la tête, refusant d'écouter.

Les témoins furent appelés un à un.

Loriot s'était mis, comme on dit, — sur son trente-et-un ; il eut l'habileté, en donnant son nom, d'ajouter ses deux titres notable, commerçant, chevalier de la Légion d'honneur.

Le plus singulier, c'est qu'il ne connaissait pas l'attitude nouvelle prise aux débats par Dolé, et qu'il croyait toujours à ses dénégations. Quand, après avoir fait de Dolé un éloge, que nous savons mérité, — il ajouta :

— Et malgré toutes les apparences, je dis que Dolé est incapable d'avoir tué cet homme.

Le président l'interrompit :

— Pardon, monsieur Loriot, mais l'accusé a avoué...

Loriot éprouva une telle émotion qu'il s'appuya à la barre pour ne pas chanceler.

— Il a avoué ? répéta-t-il en bégayant.

— Et à ce propos, je vous prierai de répondre à quelques questions. Vous connaissez depuis longtemps les époux Dolé ?...

— Je pourrais presque dire depuis qu'ils sont au monde, surtout pour Pauline...

— Ecoutez-moi bien, et comprenez toute l'importance de votre réponse. Vous avez juré de dire toute la vérité. C'est à votre conscience que je m'adresse. Croyez-vous que Mme Dolé ait donné à son mari quelque sujet de jalousie... par quelque imprudence, par quelque légèreté à l'égard de Georges Rives ?...

Loriot regarda autour de lui. Dolé n'avait pas levé la tête :

— Monsieur le président, dit-il avec effort, je considère Pauline Dolé comme ma fille... et un père ne soupçonne pas son enfant !

Une heure après, le jury sortait de la salle des délibérations :

— Sur mon âme et sur ma conscience, devant Dieu et devant les hommes, la réponse du jury est... « Non, l'accusé n'est pas coupable ! »

. . . .

La chambre de la malade était plongée dans une demi-obscurité qui grandissait à chaque instant. Dans la pièce voisine la pendule avait sonné cinq heures.

Tout à coup la garde-malade tressaillit. Il lui avait semblé entendre du bruit à l'étage inférieur.

Elle tendit l'oreille. Elle ne s'était pas trompée. Un pas, soigneusement étouffé, glissait sur les marches de l'escalier.

Puis la porte tourna sur ses gonds et une forme haute se dessina dans l'encadrement.

La femme se leva déjà, prête à s'opposer à l'entrée d'un inconnu, quand l'ombre se baissa, se courba sur ses genoux et Mme Marthe entendit des sanglots... Alors, devinant par une intuition subite qui était là, elle marcha vers l'inconnu et se penchant vers lui :

— Monsieur Dolé !...

L'homme tressaillit et, la tête dressée, chercha à voir qui lui parlait.

Au même instant, un gémissement sourd partit du lit où la patiente gisait tout à l'heure... et avant que la garde pût s'y opposer, Pauline qui avait entendu l'imperceptible son où son nom à peine proféré, Pauline s'était jetée sur le tapis, et, aveugle, folle, les mains tendues, poussant des cris rauques et effrayants, rampant vers la muraille cherchait une issue pour sa fuite...

Mais déjà Dolé s'était élancé : dans ces ténèbres grises, il avait saisi entre ses bras la misérable créature, convulsée de terreur, et il lui criait :

— Pauline ! C'est moi ! je suis libre... et je t'aime !

Peut-être entendit-elle, car elle se laissa étendre sur son lit.

Mais bientôt l'horrible fièvre s'empara d'elle.

Elle voulait arracher les linges qui entouraient sa tête, elle poussait des clameurs inarticulées...

Loriot et Gaspard, qui avaient accédé au désir de Dolé et l'avaient laissé monter seul le premier, étaient accourus.

Maintenant la chambre était éclairée.

Dolé, abattu au pied du lit, tenait dans

ses mains les poignets de Pauline et les
couvrait de baisers en répétant :
— Je t'aime ! je t'aime !...
Le médecin, aussitôt mandé, arriva promptement.
Quand il eut appris ce qui s'était passé,
il jeta un regard découragé à Loriot, qui
mit son doigt sur ses lèvres en lui montrant Dolé !...
Une potion calmante rendit un peu de
repos à la malade...
Dolé et Loriot déclarèrent qu'ils passe-
raient la nuit. Gaspard veillerait en bas.
Mme Marthe recouvra sa liberté jusqu'au lendemain ; et, pendant que Pauline succombait
à la prostration, les deux hommes causaient
à voix basse...
Dolé donnait de rapides explications.
La lettre qu'il avait lue à l'audience,
c'était sa mère qui la lui avait apportée.
Comment l'avait-elle trouvée ? Il y a de
ces fatalités-là.
Pauline avait brûlé les lettres qu'elle avait
achetées au prix d'un meurtre. Mais au fond,
tout au fond de sa poche, elle avait oublié
le billet écrit par Georges Rives.
Et la mère, soupçonneuse, — devinant je
ne sais quel mystère, — obéissant à son
instinct qui lui disait que Dolé n'avait pas
tué sans un motif grave, la mère avait cherché, alors que par hasard elle restait seule
dans la chambre de la malade.
Quand elle avait lu, elle avait éprouvé
comme une sensation triomphante.
Elle courut à la prison et, à travers les
barreaux, habile, elle glissa la lettre dans
la main de son fils.
Brusquement il la lut, et dit à sa mère :
— Vous n'avez pas de cœur !... Partez, et
que je ne vous revoie jamais !
Pierre s'était repenti depuis de l'avoir ainsi
chassée.
C'est qu'elle ne savait pas sous quelles
angoisses il se débattait depuis quelques
jours. A l'instruction, par hasard, il s'était
trouvé dans la pièce d'attente, à côté de
ce Victor, qui, déjà, avait balbutié quelques
mots insolents à l'adresse de Pauline et qui,
à lui, le mari, avait brutalement :
— Parbleu ! vous serez acquitté, comme
tous les maris... trompés qui tuent l'amant
de leur femme...
Il n'avait pas cru d'abord. Puis la nuit,
puis le lendemain, l'horrible parole lui était
remontée au cerveau, comme aux lèvres la
saveur d'un mets répugnant. Mais il doutait.
Il voulait douter : et c'était sa mère qui
lui apportait la preuve effrayante, indiscu-
table !
— Non, Loriot, disait Dolé, tu ne sauras
pas ce que j'ai souffert... Tout à coup,
c'était la veille du jugement, j'ai compris
que Pauline avait voulu se tuer. Et j'aurais
vécu ; moi ! Non, j'étais décidé, et, le ma-

tin, on ne m'aurait plus trouvé vivant ! C'est
alors que Me Lecroix m'a apporté la lettre
de Pauline, de ma chère, de ma pauvre Pauline... Ce jour-là, j'ai cru devenir fou. Mais
le calme est revenu. Oh ! pendant cette dernière nuit, comme j'ai réfléchi ! comme j'ai
calculé !... Comme j'ai combiné ma défense !
Il n'est pas de criminel endurci qui ait plus
habilement pesé les arguments... Je voulais être acquitté !... oui, je voulais rentrer
ici... je voulais...
Et il se tourna vers le lit.
— Je voulais que celle qui est là entendît
ma voix qui lui apporte mieux que le pardon, qu'elle reçût ma bénédiction d'époux
et de père. Je voulais la sauver d'elle-même.
Car je ne veux pas la perdre, je ne le veux
pas...
— Ainsi, demanda Loriot à voix basse,
quand tu as frappé ce Georges, c'était à
cause de tes soupçons ?
— Chut ! fit Dolé. A toi, à toi seul qui m'as
aimé, soutenu, défendu... je te dirai la vérité... je n'ai pas tué Georges Rives.
— Mais qui donc... alors ?...
Dolé parut hésiter, puis il dit :
— Que t'importe... pourvu que tu saches
que je suis innocent...
Loriot tressaillit ! Une idée étrange, incroyable, venait de traverser son esprit.
— Quoi... murmura-t-il en étendant le bras
vers Pauline.
— Oui ! fit Dolé. Mais souviens-toi que
j'ai avoué... et que moi seul ai fait justice...
— Voilà donc pourquoi elle a voulu mourir ?...
— Mourir ! ne prononce pas ce mot !...
Tiens, ma Pauline sera peut-être aveugle, eh
bien ! ce sera mon second enfant !... Mais
qu'elle vive... qu'elle vive !
Il s'était rapproché du lit et avait appuyé
son visage baigné de pleurs sur l'oreiller
où gisait Pauline.
Et il entendit une voix à peine perceptible
qui murmurait :
— Moi aussi, je veux vivre... pour être
mieux pardonnée.
... Pauline vécut, en effet.
Au bout de quelques mois, son visage sil-
lonné de cicatrices fut dégagé des banda-
ges qui l'enveloppaient. Les yeux étaient af-
faiblis, mais non perdus.
Dolé l'avait dit. Ce fut son second enfant...
Loriot s'est associé à Dolé pour l'exploi-
tation de ses nouveaux procédés d'émail.
Jacquet sera riche, et de plus il mérite déjà
le titre d'artiste que sa mère rêvait pour lui.
Gaspard est vieux. Regardant le douloureux visage de Pauline, il se reproche de
n'avoir pas tué Georges.
Madame mère a refusé de revoir son fils.
Elle est morte en odeur de sainteté dans
la maison religieuse où elle s'était retirée